裏工作

制裁請負人

（『裏工作 危機抹消人』改題）

南 英男

祥伝社文庫

目次

本書の主な登場人物

鬼丸竜一(おにまるりゅういち)……40歳。凶悪犯罪を未然に防ぐ悪党(ギャング)ハンター。元公安調査庁職員。
堤　航平(つつみこうへい)……49歳。警視庁刑事部捜査一課特命捜査対策室。鬼丸の協力者。
蛭田　仁(ひるたひとし)……29歳。元総合格闘技プロ選手。賞金稼ぎのデス・マッチ屋。協力者。
橋爪　昇(はしづめのぼる)……43歳。毎朝(まいちょう)タイムズ社会部記者。鬼丸の協力者だが、正体は知らない。
玄内　翔(げんないしょう)……27歳。クラブDJ。元検察事務官。鬼丸の協力者。
御木本　滋(みきもとしげる)……41歳。ナイトクラブ「シャングリラ」オーナー。元カーレーサー。
大和　勇(やまといさむ)……39歳。公安調査庁調査第二部。鬼丸の元同僚で協力者。
伍東勝正(ごとうかつまさ)……鬼丸がかつて潜入していた極右団体所属。鬼丸を恨(うら)む。
栗原　彰(くりはらあきら)……50代。東都(とうと)テレビ専務。株買い占め黒幕の調査解決を依頼。
沼辺陽介(ぬまべようすけ)……40代。東都テレビ株大量購入者の一人。元宝飾店社長。
高岡誠司(たかおかせいじ)……50代。乗っ取り屋。レストラン経営。ハプニング・パーティーを主催。
栃尾澄人(とちおすみと)……47歳。広域暴力団関東仁友会(じんゆうかい)理事。〝裏金融界の帝王〟。
左京　涼太(さきょうりょうた)……51歳。元遣(や)り手(て)証券トレーダー。警備会社『セキュリティーネット』起業。
大滝道倫(おおたきみちのり)……57歳。大手広告代理店『昭広(しょうこう)エージェンシー』社長。左京と兄弟づき合い。
土橋　良太郎(どばしりょうたろう)……元首相。
吉村健作(よしむらけんさく)……78歳。政界のフィクサー。右翼論客。与党元老たちの相談役。

プロローグ

魚信が伝わってきた。

かなり引きが強い。擬餌鉤を投げた直後だった。ルアーは玉虫色だ。

鬼丸竜一はルアーロッドを垂直に立てた。道糸が張り詰める。スピニングリールのハンドルに手を掛けた。

リールが小さく軋みはじめた。

「竜一、大物がヒットしたみたいね」

マーガレット・タイナーが声を発した。彼女は少し離れた湖岸に立ち、ぎこちない手つきでロッドをしゃくり上げていた。

マーガレットは鬼丸の恋人である。二十六歳のオーストラリア人だ。日本語は達者だった。

マーガレットは三年前に来日した。ファッションモデルで生活費を稼ぎながら、日本の伝統芸能や文化の研究に打ち込んでいる。ハイスクール時代から日本に興味を持っていただけあって、驚くほど学識は豊かだった。平均的な日本人よりも、はるかに日本について精しかった。

　大柄な美人だ。金髪で、肌は抜けるように白い。スティールブルーの瞳は宝石を連想させる。二人が恋仲になって、はや一年数カ月が経つ。

「ヒットしたのは虹鱒かしら？」

「いや、この引きはブラックバスだな」

「そんなことまでわかるの⁉　凄いわ。さすがベテランの太公望ね」

「おれは、まだベテランじゃないよ。ルアーフィッシング歴は二年足らずだからな」

「それでも、たいしたもんよ。四時間そこそこで、ブラックバスと虹鱒を十数匹ずつ釣り上げたんだから。わたしなんか、雷魚とブラックバスが一匹ずつよ」

「マギーは初心者なんだから、仕方ないさ」

　鬼丸は恋人を慰め、リール糸を慎重に巻き揚げはじめた。

　河口湖ロッジ近くの湖岸である。六月上旬の日曜日だった。

　いつの間にか、黄昏の気配が漂いはじめていた。数十分前まで湖面には、無数のボートが浮かんでいた。しかし、いまは人影も疎らだった。

　鬼丸はラインを手繰り、大型のブラックバスを取り込んだ。

　体長は四十センチ近かった。鬼丸はすぐに仕掛けの鉤を外し、魚をリリースした。ブラックバスは尾鰭を大きくくねらせ、素早く湖底に消えた。

「ね、そろそろ終わりにしない？　わたし、少しくたびれちゃった」

　マーガレットが言った。

　鬼丸はうなずき、手早く自分の竿を納めた。マーガレットに貸し与えたルアーロッドも片づける。いくらも手間はかからなかった。

　二人は湖水で手を洗い、湖心に背を向けた。

　鬼丸のオフブラックのレンジローバーは、湖岸道路の向こう側にある有料駐車場に預けてあった。二人は肩を並べて歩きだした。

「竜一、ありがとう。きょうはとっても愉しかったわ」

「おれもだよ。休日は、いつも時間の流れが速い。また明日から仕事だな」

「変なことを訊いてもいい？　もしかしたら、あなたはいまの仕事に満足してないんじゃない？」

　マーガレットが遠慮がちに問いかけてきた。

「そんなことはないよ」

「でも、何か物足りないんでしょ？　何かやりたいことがあったら、思い切ってチャレンジしてみたら？」

「おれは先月、満四十歳になった。夢を追いかけるには、ちょいと年齢を喰いすぎたよ。

もっとも追いかけたい夢があるわけじゃないが……」

「ほんとに？」

「ああ。いまの仕事は気に入ってるんだ。わがままを通せるし、ギャラも安くない」

「それなら、いいんだけど」

会話が途切れた。二人は黙って歩を進めた。

鬼丸は六本木五丁目にあるナイトクラブ『シャングリラ』の専属ピアニストだった。だが、それは表の顔に過ぎない。その素顔は一匹狼の悪党ハンターである。要するに、〝私立刑事〟だ。制裁請負人とも言える。

鬼丸は裏仕事で営利誘拐、爆破、暗殺などの凶悪犯罪計画を暴き、首謀者たちの牙を抜いている。依頼主は国内外の保険会社、商社、銀行、政財界人、アスリート、マスコミ文化人、芸能人、企業舎弟と雑多だ。

鬼丸は成功報酬が多額なら、どんな危険な依頼も断らない。

犯罪の芽を摘んでいるのは、別に青臭い正義感に衝き動かされたからではない。目的は、あくまでも金銭だった。といっても、鬼丸は金の亡者ではない。必要があって、どうしてもまとまった金を短期間に調達しなければならなかった。

鬼丸は三歳のときからピアノを嗜んでいるが、音楽で生計を立てる気はなかった。現に彼は名門私大の法学部を卒業すると、迷わず公安調査庁に入った。

公安調査庁は破壊活動防止法に基づいて、一九五二年に設けられた法務省の外局だ。しかし、実質は検察庁の下部機関と言ってもいい。

組織は総務部、調査第一、二部で成り立っている。

鬼丸は調査第一部に配属された。調査対象は日本共産党と新左翼だ。調査第二部はロシア、朝鮮総連、中国、右翼などを担当している。全国に八つの公安調査局、四十三の地方公安調査局がある。職員数は約千六百人だ。

その大半が調査対象の団体に潜入し、スパイづくりにいそしんでいる。警察と異なり、公安調査庁には強制捜査権はない。公安調査官たちはもっぱら〝協力費〟という名目の金をばら蒔き、不穏な組織に関する情報を集めているわけだ。

鬼丸は八年前の初夏、ある過激派組織にまんまと潜り込んだ。すぐに彼は、同い年の幹部と親しくなった。押坂勉という名だった。

押坂は鬼丸をすっかり信用し、無防備にも自宅に招いてくれた。その上、千草という五つ違いの妹まで紹介してくれたのである。

育ちのいい押坂は、あまり他人に警戒心を懐かなかった。最も取り込みやすいタイプだった。鬼丸は積極的に押坂に接近した。当然のことながら、千草と顔を合わせる機会が増えた。

千草は気立てがよく、息を呑むほど美しい。聡明でもあった。

鬼丸は千草と会ううちに、いつしか心を奪われていた。千草のほうも、鬼丸に恋愛感情を寄せている様子だった。そうした気持ちの緩みからか、鬼丸は押坂にも次第に心を許すようになった。

そんなある夜、二人はとことん酒を酌み交わした。深酒が災いし、危うく鬼丸は押坂に素姓を看破されそうになった。

自分の正体を知られたら、押坂だけではなく、千草にも軽蔑されるにちがいない。そう思ったとたん、鬼丸はたちまち冷静さを失った。

最後の酒場を出て間もなく、彼はほとんど無意識に押坂を歩道橋の階段の上から突き落としていた。とっさの犯行だった。

頭から真っ逆さまに階段の下まで転げ落ちた押坂の意識は、混濁しているように見えた。口を封じなければ、大変なことになる。鬼丸は一瞬、押坂の息の根を止める気になった。だが、それはさすがに実行できなかった。

鬼丸は狼狽し、罪の大きさに戦いた。あたりをうかがうと、幸運にも人の姿は見当たらなかった。

鬼丸は急いで犯行現場から遠ざかった。

そのくせ、逃げることはできなかった。やはり、押坂の安否が気がかりだった。

たまたま通りかかった初老の男性が倒れている押坂に気づき、ただちに救急車を呼んだ。鬼丸は救急車が走りだすのを見届けてから、重い気持ちで家路についた。後悔の念にさいなまれ、明け方まで一睡もできなかった。

次の日、鬼丸はセクトの仲間から押坂が腰の骨を折り、脳挫傷を負ったことを聞かされた。押坂は救急病院で開頭手術を受けたが、結局、植物状態に陥ってしまった。半月後に八王子市内にある私立総合病院に移り、いまも寝たきりのままだ。

鬼丸は体調がすぐれないと偽り、過激派組織と距離を取りはじめた。

千草は少しも鬼丸を疑わなかった。それが、かえって辛かった。良心も疼いた。

ついに鬼丸は罪悪感に耐えられなくなって、半年後に自ら職を辞した。後ろ暗さを早く忘れたくて、翌月、アメリカに渡った。

鬼丸は知人の紹介でボストンの危機管理コンサルタント会社やサンフランシスコの保釈金貸付会社などで働き、二年数カ月後に帰国した。後ろめたさが消えたわけではなかったが、望郷の念に駆られたからだ。

それ以来、鬼丸はナイトクラブのピアノ弾きで糊口を凌ぎながら、裏稼業に励んでいる。『シャングリラ』のオーナーの御木本滋は、大学時代のボクシング部の一学年先輩だった。二カ月前に満四十一歳になった。

元カーレーサーである。御木本は数年前に離婚して、目下、独身だ。交際している女性はいるようだが、詳しいことは知らない。

　御木本は、鬼丸の裏ビジネスには気づいていないだろう。もともと店のオーナーは、他人の私生活には関心を示さない。御木本は個人主義者だったが、後輩の面倒見は悪くなかった。

　入院中の押坂は、世の中のはぐれ者たちが共生できるコミューンの建設を夢見ていた。鬼丸自身は押坂の計画を稚いと感じていたが、その夢をなんとか叶えてやりたかった。一種の罪滅しである。

　押坂の夢を実現させるには、差し当たって二十億円が必要だった。まだ十七億円も足りない。目標額を稼ぎ出すまでは、何がなんでも裏稼業をやめるわけにはいかなかった。

　突然、マーガレットが立ち竦んだ。

　有料駐車場の少し手前の暗がりだった。鬼丸は足を止め、目を凝らした。

　迷彩服姿の男たちが行く手に立ち塞がっている。二人だった。どちらも三十代の半ばだろう。二人はどこか荒んだ印象を与える。

「何か用か？」

　鬼丸は問いかけた。

　二人の男が数歩、前に進み出た。顔がはっきりと見えるようになった。鬼丸は男たちの顔に見覚えがあった。二人とも、ある極右団体のメンバーだ。姓名までは思い出せない。

九年前の秋、鬼丸は戦闘的な極右団体に潜入し、さまざまな情報を収集していた。潜入中に組織の大幹部が進歩派文化人を刺殺した事実を知って、警察に密告電話をかけた。殺人罪容疑で逮捕された大幹部は、現在も服役中だ。

「てめえは公安のイヌだったんだな。よくもおれたちを騙してくれたじゃねえかっ」

丸坊主の男が息巻いた。いかにも凶暴そうな面構えだった。

「人違いされたようだな」

「ばっくれるんじゃねえ。おれたちのことを知らないとは言わせないぞ」

「どこかで会った記憶はないな」

「とぼけやがって。てめえは白石という偽名を使って、うちの会に潜り込んだよな。それで、寺門理事が踏んだ犯行を警察に密告っただろうが！」

「寺門？　そんな人間は知らないな」

鬼丸はマーガレットを背の後ろに庇いながら、二人の男を等分に睨み据えた。

「寺門理事は五日前に府中刑務所の風呂場で心筋梗塞で倒れて、その夜のうちに亡くなったんだ。てめえが理事を警察に売ったりしなきゃ、もっと長生きできたのによ」

「空とぼけるのはやめよう。寺門が左寄りの社会学者を殺ったことは間違いない。おれが奴のことを警察に通報してなくても、時間の問題で逮捕られてたさ」

「やっとイヌだったことを認めやがったな。どうして急に観念したんでえ？　てめえ、ビビりはじめたな」

「そうじゃない。おまえらの面をいつまでも見たくないからだよ」

「言うじゃねえか」

坊主頭の男が口の端を歪め、相棒に目配せした。

狐目の男が無言でうなずき、迷彩服の下から段平を摑み出した。鍔のない日本刀だ。白鞘は手垢で、だいぶ黒ずんでいる。

両目の攣り上がった男は中肉中背だったが、どこか凄みがあった。それなりに修羅場を潜ってきたようだ。

「マギー、きみは逃げろ」

鬼丸は前を向いたまま、マーガレットに小声で言った。

「自分だけ逃げることはできないわ。だって、竜一のことが心配だもの」

「おれはうまく切り抜ける。だから、早く逃げるんだ」

「わたし、スマホで一一〇番するわ」

「マギー、よせ！　ここでスマホを取り出したら、きみまで危害を加えられることになるぞ」

「どうすればいいの!?」

「できるだけ退がっててくれないか」

「わかったわ」

マーガレットが六、七メートル後退した。

鬼丸は黄色いアングラーズバッグを道端にほうり投げ、二棹のルアーロッドを胸の前で交差させた。どちらも、まだ擬餌鉤は外していない。いざとなったら、仕掛けを暴漢たちの顔面に叩きつける気でいた。

「そんな竿じゃ、おれの段平にゃ太刀打ちできねえよ」

狐目の男がせせら笑い、ゆっくりと鞘を払った。

刃渡りは七十センチ前後だ。刀身は、やや青みがかっている。

鬼丸は身構えた。

深呼吸して、恐怖心を抑え込む。狐目の男が日本刀を右斜め上段に振り被った。

鬼丸は、目で間合いを測った。四メートル弱しか離れていない。

「おい、早いとこ叩っ斬っちまえ」

坊主頭の男がけしかけた。

狐目の男が摺り足で間合いを詰めはじめた。鬼丸は、わざと前に数歩踏み出した。誘いだった。案の定、狐目の男が段平を勢いよく振り下ろした。鬼丸はステップバックした。

刃が閃いた。

白っぽい光が揺曳する。切っ先は、鬼丸の体から五十センチも離れていた。相手の体勢が崩れた。

反撃のチャンスだ。

すかさず鬼丸は、右手に握ったロッドを振った。仕掛けが飛ぶ。尖った鉤は狙った通り、狐目の男の首に喰い込んだ。鬼丸は釣り糸を手繰った。

男が呻きながら、段平を下から掬い上げた。

リール糸が断ち切られた。狐目の男は左手でルアーの鉤を引き抜いた。いかにも腹立たしげだった。

鬼丸はルアーロッドを持ち替えた。

ちょうどそのとき、狐目の男が段平を水平に薙いだ。刃風は重かった。刃先は、鬼丸の腹の近くまで迫った。

鬼丸は反射的に跳び退き、擬餌鉤を放った。

だが、仕掛けは標的には命中しなかった。鬼丸は手早くルアーを手許に引き戻した。ルアーロッドを斜め上段に構えたとき、背後でけたたましいブザーが鳴り響いた。

鬼丸は小さく振り向いた。

マーガレットが痴漢撃退用の防犯ブザーを高く翳している。警報音は一段と高くなった。

「危い！　おい、ひとまず逃げよう」

坊主頭の男が相棒を促した。

狐目の男が焦って抜き身を鞘に収める。二人は相前後して走りだし、瞬く間に夕闇に紛れた。

鬼丸はマーガレットに駆け寄った。

「きみが機転を利かせてくれたんで、難を免れたよ。ありがとう」

「怖かったわ。わたし、まだ膝頭が震えてる」

「済まなかったな」

「竜一、さっきの二人は何者なの？」

「行動右翼集団のメンバーだよ。昔の仕事のことで、逆恨みされたらしい」

「そう。パトカーを呼んだほうがいいんじゃない？」

「警察の事情聴取は手間取るんだ。疲れてるから、このまま帰ろう」

「わかったわ」

マーガレットが言って、警報ブザーを沈黙させた。鬼丸はアングラーズバッグを拾い上げ、恋人を急かした。

二人は有料駐車場に駆け込み、慌ただしくレンジローバーに乗り込んだ。

鬼丸は車を発進させた。

有料駐車場を出ると、すぐにルームミラーとドアミラーを交互に覗いた。不審な車は目に留まらなかった。

「さっきの男たち、竜一の神宮前のマンションに先回りするかもしれないわね」

助手席に坐ったマーガレットが不安顔で呟いた。

「ああ、考えられるな」

「東京にまっすぐ戻るのは危険ね。今夜はホテルかモーテルに泊まって、明日の朝早く東京に帰りましょうよ。ね、竜一？」

「そうするか」

鬼丸はアクセルペダルを深く踏み込んだ。

第一章　乗っ取りの疑惑

1

右手に河口湖大橋が見えてきた。

湖の東側を南北に横断する有料道路だ。対岸の船津（ふなつ）の街灯（まちあか）りが美しい。鬼丸は車のスピードをやや落とした。

「湖の向こう側にあるホテルに泊まる？」

マーガレットが言った。

「そうするか。しかし、きょうは日曜日だから、満室かもしれないな」

「きっと部屋は空（あ）いてるわ。金曜日と土曜日の宿泊客は多いだろうけど、日曜日の泊まり客は少ないと思うの」

「そうか、そうだろうな」

鬼丸は微苦笑し、ウインカーを灯した。

そのすぐ後、左手の林道から無灯火の灰色の大型乗用車が飛び出してきた。レクサスだった。

上体が前にのめる。マーガレットが悲鳴を放ち、ダッシュボードに手をついた。

鬼丸はホーンを高く鳴らし、パニックブレーキをかけた。

「ごめん！」

鬼丸は恋人に詫び、レクサスに視線を向けた。

レクサスは湖岸道路を塞ぐ形で停まっている。ヘッドライトは点いていない。

鬼丸は、ふたたび警笛を轟かせた。

しかし、レクサスは動こうとしない。鬼丸はヘッドライトをハイビームに切り替えた。光はレクサスの車内まで届いた。

運転席には、狐目の男が坐っていた。丸坊主の男は助手席の背凭れに上体を預けている。

「竜一、レクサスに乗ってる二人の男は……」

「そう、さっきの奴らだよ。おれたちを待ち伏せしてたんだろう」

「一一〇番する？」

「マギー、もう少し待ってくれ。なんとか連中をぶっちぎるよ」

鬼丸はシフトレバーをＲ(リヴァース)レンジに入れ、アクセルペダルを踏んだ。

数十メートル後方に退(さ)がると、細い林道があった。バックで車を林道に突っ込み、ステアリングを右に切る。来た道を逆に走りはじめると、マーガレットが切迫(せっぱく)した声で叫んだ。

「レクサスが追ってくるわ」

「マギー、落ち着くんだっ」

鬼丸は言いながら、ミラーを仰(あお)いだ。

レクサスが猛然と追ってくる。ヘッドライトは灯(とも)っていた。

鬼丸は加速した。河口湖ロッジ前を走り抜け、そのまま道なりに進んだ。湖の西側の長(なが)浜(はま)から勝山(かつやま)を回り込み、富士河口湖町に入る。レクサスは執拗(しつよう)に追尾(ついび)してくる。

「竜一、河口湖ＩＣ(インターチェンジ)から中央自動車道に入るの？」

「いや、高速には入らない。ハイウェイで何か仕掛けられたら、危険だからな。山中湖(やまなかこ)方面に向かう」

鬼丸はレンジローバーを国道一三八号線に走らせた。ほどなく目的の国道に入った。

レクサスは二台のセダンを挟(はさ)みながら、追走してくる。

忍野(おしの)入口を通過すると、間もなく山中湖畔に達した。山中湖の左側の湖岸道路をたどれば、道志(どうし)村に通じている国道四一三号線にぶつかる。

そのコースを選べば、神奈川県の津久井湖に達するが、沿道の民家は割に少ない。女連れでは、危険なコースだろう。

鬼丸はそう判断し、そのまま車を道なりに走らせた。旭ケ丘の丁字路を右に曲がり、籠坂峠方面に進む。旭ケ丘周辺は古くからの別荘地で、個人の山荘や会社の保養所が点在している。鬼丸は数百メートル先で、わざと車を別荘地に乗り入れた。

別荘地の大通りから少し外れると、細い道が複雑に入り組んでいる。尾行をまくことができるかもしれない。

鬼丸は右左折をめまぐるしく繰り返した。

レクサスは、いつの間にか視界から消えていた。鬼丸は旭ケ丘の丘陵地を一気に下り、国道一三八号線に戻った。山中湖を半周し、長池にあるホテルに車を横づけした。

「部屋が空いてるかどうか、フロントで確かめてくる」

鬼丸はマーガレットに言って、ドアを開けた。

「駄目よ、竜一！」

「え？」

「例のレクサスがこっちに……」

マーガレットが怯えた表情で告げ、リア・ウインドーの向こう側を指さした。間違いなく見覚えのある灰色の乗用車が近づいてくる。

「しつこい奴らだ」

鬼丸は舌打ちして、運転席側のドアを閉めた。

シートベルトを着用する時間はなかった。鬼丸はマイカーを走らせ、広い車寄せを半周した。レクサスは直進してきた。幅寄せして、行く手を阻む気なのだろう。そうはさせない。

鬼丸は加速した。

レクサスは気圧されたような感じで、植え込みに寄った。鬼丸はレクサスのかたわらを走り抜け、湖岸道路に出た。

山中湖を右手に見ながら、平野方面に走った。レクサスが猛然と追ってくる。

「もう一一〇番すべきよ」

マーガレットが言った。鬼丸は聞こえなかった振りをした。できるだけ警察とは関わりを持ちたくなかったからだ。

押坂の件はもちろん、裏稼業のことも覚られたくない。裏仕事では、数えきれないほど法を犯している。それらの一つひとつが立件されたら、実刑は免れないだろう。

「竜一、どうして黙ってるの？」

「少し黙っててくれないか。いまは運転に神経を集中させたいんだ」

「ごめんなさい。わたし、ちょっと無神経だったわ」

「おれこそ、苛ついた言い方をして悪かった」

「ううん、いいの。あなたは、あまり警察が好きじゃないようね。そうなんでしょ？」

「好きじゃないというよりも、警察を頼りたくないんだ」

「何か不愉快な思いをしたことがあるのね」

マーガレットが確かめるような口調で言った。

「別に何かがあったわけじゃない。自分の身に降りかかった災難は、自らの手で振り払いたいと思ってるだけなんだ」

鬼丸は言い繕った。

「竜一の考えは、とっても男らしいわ。素敵よ。わたし、もう何も言わない」

「マギー、怒ったのか？」

「えっ、どうしてそんなことを言うの!?」

「多くの男は女連れだったら、こんなときは警察に泣きつくだろう。しかし、おれは我を通そうとしてる」

「そういう意味だったのね。変な男たちに追い回されてるんだから、正直なところ、怖いことは怖いわ。でも、竜一がそばにいるから、わたしは平気よ。あなたがしたいようにして」

マーガレットがそう言い、ほほえんだ。

鬼丸は謝意を表して、さらに加速した。レクサスは追いかけてくるとばかり思っていたが、なぜか平野の少し手前で路肩に寄った。

エンジンの調子が悪いのか。それとも、ガス欠なのだろうか。どちらにしても、自分たちにはラッキーなことだ。

「追っ手の二人は追跡を諦めたようだな」

「そうみたいね」

「マギー、どうする？　まさかさっきのホテルに引き返すわけにはいかないが、湖畔の別のホテルにチェックインするか？」

「山中湖周辺のホテルには泊まりたくないわ。もっと東京寄りのホテルかモーテルに入りましょうよ」

「オーケー、わかった」

「わたしね、日本のモーテルには一度も泊まったことがないの。どうせなら、モーテルに泊まってみたいわ」

マーガレットの声は明るかった。追われる緊張感が消えたからだろう。

「日本のモーテルの多くは、ラブホテルみたいなもんだよ」

「面白そう！　モデル仲間の話によると、日本のカップル用ホテルはアダルトビデオを観られるんだってね。それから、いろんなセックスグッズも買えるんだって」

「へえ、そうなのか。そういう下卑たホテルには入ったことがないから、よく知らないんだ」

鬼丸は澄ました顔で言った。むろん、大嘘だ。

大学生のころは、よく渋谷の円山町のラブホテルを利用していた。社会人になってからも、歌舞伎町や湯島のいかがわしいホテルにナンパした相手を連れ込んだものだ。

「竜一、隠さなくてもいいのよ。あなたの昔のことは、わたし、ちっとも気にならないから。だって、いまのあなたが好きなんですもの」

「それは嬉しいが、本当にその種のホテルには入ったことがないんだよ。だいぶ昔は回転ベッドがあったり、天井やベッド脇の壁に鏡が嵌め込まれてたらしいな」

「ずいぶん精しいのね。人から聞いた話じゃなくて、竜一が自分の目で見たことなんでしょ？」

「年配の知人が教えてくれたんだ」

「そんなにむきになって言い訳すると、かえって不自然よ」

マーガレットが、さもおかしそうに笑った。鬼丸は釣られて、思わず吹き出してしまった。

湖尻の平野を左折し、国道四一三号線に入る。東京方面に向かう車で、やや渋滞していた。

「道路が空くまで、どこかで夕飯を喰(く)おう」

鬼丸はマーガレットに言って、沿道の軒灯(けんとう)に目を注(そそ)ぎはじめた。
七、八百メートル先に、小さなイタリアン・レストランがあった。鬼丸は店の専用駐車場にレンジローバーを駐(と)めた。
二人は店に入り、奥のテーブルについた。ワインと数種のパスタ料理を注文する。

頼んだワインはリーズナブルな値段だったが、思いのほかおいしい。ラザニアも、まずくはなかった。

腹ごしらえをすると、鬼丸たちは車に乗り込んだ。車の量は、だいぶ減っていた。

津久井湖のそばにあるモーテルに入ったのは午後九時過ぎだった。

ペンション風の造りで、メゾネットタイプになっていた。一階がガレージで、二階が部屋になっている。

二人はメルヘンチックな白い階段を上がり、ダブルベッドの置かれた部屋に入った。壁とカーペットは、深みのあるブルーで統一されていた。ラブチェアは純白だった。少女趣味が色濃く、何やら四十男には気恥ずかしい。

「思っていたよりも、ずっと清潔な感じだわ」

マーガレットがそう言い、ダブルベッドに浅く腰かけた。芥子色(からしいろ)の長袖(ながそで)シャツを脱ぐと、白いインナーウェアが露(あらわ)になった。

形のよい乳房は豊かだった。ほどよく色の褪めたジーンズにくるまれた両脚は、すんなりと長い。鬼丸も軽装だった。素肌に枯葉色のワークシャツをまとっている。下はオフホワイトのチノクロスパンツだ。

「先にシャワーを浴びてるわね」

マーガレットが潤んだような目で言って、静かに立ち上がった。そのまま彼女は、まっすぐ浴室に向かった。

鬼丸はラブチェアに腰かけ、ロングピースをくわえた。ヘビースモーカーだった。一日五、六十本は喫っている。ゆったりと紫煙をくゆらせてから、ワークシャツとチノクロスパンツを脱ぐ。

淡い灰色のトランクス一枚になると、鬼丸は脱衣所に入った。ガラス戸の向こうに、マーガレットの裸身が透けて見える。白い泡に塗れていた。

鬼丸はトランクスを手早く脱ぎ、浴室に入った。視線が交わると、マーガレットは艶然と笑った。ぞくりとするほど色っぽかった。

鬼丸は目で笑い返し、マーガレットを抱き寄せた。二人はいつものように熱く見つめ合い、鳥のように軽く唇をついばみ合った。

「こういうモーテルで愛し合うのは初めてだから、なんだかドキドキするわ」

「おれも高校生に逆戻りしたような感じだよ」

「嘘ばっかり！」

マーガレットが鬼丸を甘く睨み、ボディーソープでぬめった白い肌を密着させた。

鬼丸は舌を深く絡めると、両手で恋人の体を撫ではじめた。

マーガレットが裸身を海草のように揺らめかせた。いつの間にか、乳首は硬く張り詰めていた。淡紅色の蕾は、やや小粒だ。その分、乳暈が広く盛り上がっている。弾力性に富んだ乳房は、ラバーボールのような感触だ。

鬼丸は厚い胸板で二つの乳首に刺激を加えながら、マーガレットの秘めやかな場所を探った。マーガレットが喉の奥でなまめかしく呻いた。

鬼丸は、敏感な突起をソフトに愛撫しはじめた。

マーガレットが淫蕩な呻き声を洩らし、内腿で鬼丸の右手をきつく挟みつけた。鬼丸は股を抉あけ、陰核の芽をまさぐりつづけた。

マーガレットが鬼丸の舌を吸いつけながら、ペニスを握り込んだ。せっかちな手つきだった。

鬼丸は根元を断続的に握り込まれているうちに、雄々しく猛った。

マーガレットの指は休みなく動きつづけた。鬼丸は煽られ、一段と昂まった。

「ああ、竜一」

マーガレットが顔をずらし、吐息混じりに囁いた。男の欲情をそそる声だった。

数分後、マーガレットは極みに達した。カミングと口走りながら、柔肌を硬直させる。

マーガレットは裸身を震わせながら、洗い場のタイルに両膝をついた。

鬼丸はシャワーヘッドをフックから外し、マーガレットの体の泡を優しく洗い流した。シャワーヘッドをフックに掛けたとき、マーガレットが鬼丸の腰に片腕を回した。

次の瞬間、鬼丸はマーガレットの口に含まれた。

マーガレットは情熱的に貪りはじめた。舌技は巧みだった。鬼丸は吸われ、弾かれ、こそがれた。体温が、にわかに上昇する。

鬼丸は浴室では果てたくなかった。しかし、気持ちとは裏腹に快感が急激に膨れ上がった。いくらも経たないうちに、不意に爆ぜた。

射精感は鋭かった。脳天が一瞬、白く霞んだ。

「ひと息入れたら、ベッドで本格的に愛し合おう」

鬼丸はマーガレットの頬を両手で軽く挟んだ。

マーガレットが鬼丸の股間から顔を離し、ゆっくりと立ち上がった。二人は無言で、強く抱き合った。

2

レンジローバーを停める。

四谷(よつや)の賃貸マンションの前だった。マーガレットの自宅マンションである。午後一時を数分回っていた。モーテルに泊まった翌日だ。

「昨夜(ゆうべ)はお疲れさん！　さすがに眠いだろう？」

鬼丸は助手席の恋人に言った。

「ええ、ちょっとね」

「二ラウンドめは刺激的だったよ」

「そう？」

「ほら、マギーは女性騎乗位でぐるぐると何度も回ったじゃないか。おれの男根(ディック)は捏(こね)くり回されっ放しだった」

「いや、言わないで。わたし、恥ずかしくてどうしていいかわからなくなっちゃうから」

マーガレットが白い頬を赤らめた。

「あんなふうに捩(よじ)られるのも悪くないよ」

「竜一ったら、意地悪なんだから」

「夕方から仕事があると言ってたな。それまで寝なよ。それじゃ、また！」

鬼丸は片手を小さく挙(あ)げた。

マーガレットが手を振り、車を降りた。鬼丸は恋人がマンションのエントランスロビーに入ってから、レンジローバーを走らせはじめた。

それから間もなく、スマートフォンが鳴った。ハンズフリーだった。

「鬼丸(オニ)さん、おれです」

蛭田仁(ひるたひとし)の声だった。彼は元総合格闘技のプロ選手で、いまは賞金稼(かせ)ぎのデス・マッチ屋だ。アメリカ各地やメキシコをさすらい、ルールなしの異種格闘技試合に出場している。二十九歳だ。独身だった。

鬼丸は四年数カ月前にボストンの和食レストランで巨漢の蛭田と知り合い、たちまち意気投合した。それ以来、交友を重ねてきた。

蛭田は、裏仕事の協力者のひとりでもあった。

元公安調査官の鬼丸は顔が広い。彼は必要に応じて、現職刑事、新聞記者、身分証明書偽造屋、情報屋、デス・マッチ屋、高級コールガール、クラブのＤＪ、ホステス、スカウトマン、やくざ、金融業者などを助手として使っていた。

「メキシコから、いつ戻ったんだ？」

「きのうです」

「喧嘩試合で、がっぽり稼いできたようだな」

「そうなら、いいんだけどね。メキシコのプロモーターはケチな男で、ファイトマネーがめちゃくちゃ安かったんですよ」

「それでも三週間のデス・マッチで、日本円にして五、六百万円は稼いだんじゃないのか」

「ええ、まあ。鬼丸さんの暮らしに何か変化は？」

「別にないよ。相変わらず、『シャングリラ』でピアノを弾いてる」

「そう。そろそろマギーと別れてるかなと思ってたんですけどね」

「おまえがマギーに関心を持ってることは知ってるが、彼女のことは諦めたほうがいいな。マギーは、体力だけの男には興味がないんだ」

「言ってくれるな。でも、彼女、いい女ですよね。日本通だし、大和撫子みたいなとこがあるもんな」

「マギーに、そう伝えといてやろう。仮におれがマギーと別れたとしても、彼女は仁になびいたりしないと思うよ」

「おれの夢を壊さないでほしいな。鬼丸さんたちが破局を迎えたら、おれ、マギーに接近するつもりなんですから」

蛭田が本気とも冗談ともつかない口調で言った。

「ま、好きにしてくれ」

「そうします。ところで、堤さんは元気なのかな？」

「元気だよ」

　鬼丸は即答した。

　二人の共通の知人である堤航平は四十九歳で、警視庁刑事部捜査一課特命捜査対策室に所属している。かつては捜査一課の敏腕刑事として鳴らしていたのだが、三年ほど前に誤認逮捕という失態を演じ、いまの地味なセクションに飛ばされてしまったのだ。

　捜査一課の前は、公安一課に属していた。その当時、鬼丸は公安調査官だった。公安関係の情報を交換しているうちに堤と自然に親しくなり、個人的に酒を酌み交わすようになったのである。かれこれ十年近いつき合いになる。

「玄内翔も、渋谷のクラブでＤＪやってるんでしょ？」

「ああ」

「翔は変な奴ですよね。東京地検でずっと検察事務官をやってりゃいいのに、経済的に不安定なＤＪになったりして」

「人は、パンのみで生きてるわけじゃないからな。おれは翔みたいな生き方、嫌いじゃない。人生は一回こっきりなんだから、思った通りに生きるべきだよ」

「確かに鬼丸さんの言う通りかもしれないな。話は飛びますけど、今夜、『シャングリラ』

に遊びに行きます」

「そうか。それじゃ、待ってる」

鬼丸は通話を切り上げた。

二十分そこそこで、神宮前の自宅マンションに着いた。

路上に灰色のレクサスは見当たらない。鬼丸は車をマンションの専用駐車場に入れ、エレベーターで七階に上がった。借りている部屋は２ＬＤＫだった。

鬼丸は部屋に入ると、寝室に直行した。トランクス一枚で、ベッドに潜り込む。二分も経たないうちに、眠りに落ちた。

目覚めたのは午後五時過ぎだった。

鬼丸はベッドを離れると、浴室に足を向けた。シャワーを浴びているとき、陰毛に長い金髪が絡みついているのに気づいた。マーガレットの頭髪だ。

鬼丸はブロンドヘアを抓み取った。そのとたん、脳裏に前夜の濃厚な情事が蘇った。

マーガレットは熟れた肉体を惜しげもなく晒し、貪婪に鬼丸の体を求めた。

鬼丸は淫らな回想を断ち切り、髪の毛と体を入念に洗った。ついでに、髭もきれいに剃った。

浴室を出ると、鬼丸はバスローブ姿で冷えた缶ビールを呷った。リビングソファに腰かけ、ゆったりと一服した。それから彼は、寝室で身繕いをした。

近くの蕎麦屋に電話をして、天丼と盛り蕎麦を出前してもらう。店屋物で空腹を満たした直後、インターフォンが鳴った。

極右団体の二人組が自宅まで押しかけてきたのか。

鬼丸は静かにダイニングテーブルから離れ、玄関ホールに急いだ。身構えながら、ドア・スコープに片目を寄せる。

ドアの向こうには、五十六、七歳の紳士然とした男が立っていた。渋い茶系のスーツは、いかにも仕立てがよさそうだ。セールスマンではないだろう。

鬼丸は玄関ドアを開け、来訪者に話しかけた。

「どなたでしょう？」

「初めてお目にかかります。わたし、栗原彰と申します。東都テレビの専務をしています」

「まさかテレビ出演の依頼じゃないだろうな」

「はい。失礼ですが、悪党ハンターの鬼丸竜一さんですね？」

「そうです」

「あなたのことは、明和銀行の北浦史靖頭取から教えていただきました。北浦さん、ご存じでしょう？」

「ええ」

「鬼丸さんは明和銀行が不良債権処理に絡むことで大物の企業恐喝屋に理不尽な要求をされたとき、スマートなやり方でトラブルを解決されたそうですね？」

「スマートだったかどうか……」

「実はわが社も危機に直面して、困り果てているのです。どうかお力をお貸しください」

栗原と名乗った銀髪の男が深々と頭を下げた。

「北浦頭取のご紹介なら、無下に断るわけにはいかないな」

「ぜひ、あなたのお知恵を……」

「どうぞお入りください」

鬼丸は東都テレビの専務を請じ入れ、居間のソファに坐らせた。すぐに栗原と向かい合う。

二人は名刺を交換した。鬼丸の名刺には、なんの肩書もない。氏名と連絡先が印刷されているだけだ。

「どんな危機が迫っているんでしょう？」

「三人の男が七カ月ほど前から東都テレビの株を買い漁っているんですよ」

「その連中は仕手グループなんだろうか」

「数百万株ずつ買い集めた男たちは、謎の仕手集団のダミーだと思われます。と言いますのは、三人とも揃って事業に失敗して金銭的な余裕はないはずなんです。そんな連中が株を買い占めることはできません」

「でしょうね。その三人のことは、どの程度わかっているんです？」

「参考資料を持ってまいりました」

栗原が黒革のビジネスバッグから、幾枚かのコピーを取り出した。

鬼丸はデータを受け取り、すぐ目を通した。

東都テレビの株を買い漁っているのは、川岸要、曽我峰夫、沼辺陽介の三人だった。

三人とも四十代だ。川岸はベンチャービジネスを手がけていたらしい。曽我は元不動産会社の社長だ。沼辺は宝飾店を倒産させていた。

資料には三人の顔写真が刷り込まれ、自宅の住所も記されている。年齢も添えてあった。

「三人の取得株は？」

「川岸が二百万株、曽我が二百五十万株、それから沼辺が三百万株です」

「併せて七百五十万株ですね。貴社の直近の株価は？」

「二千円弱です。大手商社などと違って、民放テレビ局の場合は百万株程度でも立派な大株主なんです。ダミーの三人が東都テレビの株を買い増しつづけたら、筆頭株主にも脅威を与えることになります。わけのわからない仕手集団に経営権を握られたら、筆頭株主の新聞社の発言権は弱まってしまいます」

「そうでしょうね。ダミーと思われる三人に何か接点は？」

「それはないようです。実はですね、経済調査会社に川岸たち三人のことをちょっと調べてもらったんですよ」

「だから、ここに三人のデータがあるわけですね」

「ええ、そうなんです」

「川岸たち三人の背後に仕手集団は見え隠れしていないのかな？」

「経済調査会社の報告によりますと、そういうことでした。しかし、三人のダミーを操っているのは大物の乗っ取り屋と考えられるというんですよ」

「株のことはまったくわからないんですが、二十数年ぶりの円安で安値つづきなんでしょ？」

「輸出関係の企業は別ですが、多くの会社の株価は低迷しています」

「そんな時期だから、株の買い占めも可能なんだろうな。しかし、仮に発行株の四十パーセントを取得して筆頭株主になったとしても、それほど旨みはないでしょう？」

「仕手集団や会社乗っ取り屋たちの狙いは、取得株の高値買い戻しなんですよ。本気で経営陣に加わる気などありません」

「プレミアムで儲けたいだけだと……」

「そうなんです」

栗原が大きくうなずいた。

「外資系の企業買収会社が東都テレビの株に目をつけたとは考えられませんか。もうだいぶ昔の話ですが、名うての株買い占め屋（グリーンメーラー）が別の民放局の株を日本人起業家に大量に買い集めさせたことがありましたでしょ？」

「ええ、ありましたね。グリーンメーラーは本気でメディア経営に乗り出したいと盛んにアピールしていましたが、結局、それはポーズでした。民放局が高いプレミアムを付けると申し出たら、そのグリーンメーラーはあっさり取得株を吐き出しましたから」

「ええ、そうでしたね。しかし、アメリカの企業買収会社は日本の自動車メーカー、証券会社、スーパーマーケットの営業権を手に入れてるでしょ？」

「ええ、そうですね。しかし、外国のグリーンメーラーが本気で東都テレビの経営に参画したいとは思っていないはずです。不況になってから、ＣＭ収入は下降線をたどりっ放しです。幾つ（いく）か新規事業に乗り出しましたが、まだ黒字にはなっていません」

「東都テレビの株の買い占めをしてるのは外資系のグリーンメーラーではなく、日本人の会社乗っ取り屋かもしれないと……」

鬼丸は確かめた。

「わたしは、そう考えています。しかし、その正体が摑めないので、とても不安なんですよ。そこで、あなたに川岸たち三人を動かしている人物を一日も早く見つけ出してもらいたいんです。そして、できれば黒幕の弱みを押さえて、低いプレミアムで取得株を譲渡するよう仕向けていただきたいんですよ」

「わかりました。で、成功報酬は？」

「三千万円でいかがでしょう？　もちろん、調査に必要な経費は別途お支払いします。お引き受けいただけるのでしたら、この場で三百万円の着手金をお渡しします」

「お引き受けしましょう」

「ありがとうございます」

栗原がコーヒーテーブルの端に両手を掛け、頭を垂れた。それから彼はビジネスバッグから、白い封筒を取り出した。中身は三百万円の着手金だった。

「北浦頭取からお聞きでしょうが、原則として領収証は切らないことにしているんですよ」

「ええ、そのことは聞いております。領収証は結構です。どうぞ着手金をお受け取りください」

「それでは……」

鬼丸は札束の入った封筒を手前に引き寄せ、ロングピースに火を点けた。

「北浦頭取の話ですと、鬼丸さんはふだんは六本木のナイトクラブでピアノを弾いてらっしゃるそうですね」

「ええ、『シャングリラ』という店です。お気が向いたら、いらしてください」

「はい、いつか寄らせてもらうかもしれません。急(せ)かすわけではありませんが、いつから動いていただけるのでしょう？」

「明日から動くつもりです」

「それは、ありがたいな。どうかよろしくお願いします」

栗原がソファから立ち上がり、腰を深く折った。

鬼丸は喫(す)いさしの煙草(たばこ)の火を揉(も)み消し、栗原を玄関先まで見送った。

居間に戻り、着手金をリビングボードの引き出しにしまった。ダミーと思われる三人の資料をもう一度読み、長椅子(ながいす)に身を横たえた。

それほど厄介(やっかい)な仕事ではなさそうだ。一週間もあれば、片がつくだろう。

鬼丸は七時半に部屋を出た。昨夜の二人組の姿は、どこにも見当たらなかった。鬼丸はエレベーターで一階に下(くだ)り、駐車場に回った。

自分の車に近づいたとき、重い銃声が聞こえた。

とっさに鬼丸は身を伏せた。駐車場の前の路上に、坊主頭の男が立っていた。両手で自動拳銃の銃把(グリップ)を握っている。暗くて型(タイプ)まではわからない。

「くたばれっ」

坊主頭の男が喚(わめ)いた。

鬼丸は車の陰に隠れた。二弾目が放たれた。銃口炎は十数センチも吐かれた。銃弾は、マンションの外壁を穿った。タイルの破片が鬼丸の肩に当たった。

「くそったれ！」

相手が悪態をつき、身を翻した。ひとまず逃げる気になったのだろう。

鬼丸は男を追わなかった。レンジローバーに乗り込み、急いでスタートさせる。パトカーが到着する前に事件現場から遠のきたかった。

数十分で、六本木に着いた。

鬼丸はいつもの裏通りに車を駐め、『シャングリラ』に入った。

従業員はおおむね出勤していたが、オーナーの姿は見当たらなかった。鬼丸は更衣室に入ると、すぐに黒のタキシードに着替えた。仕事服だ。

ソファに坐って出番を待っていると、ドア越しにナンバーワン・ホステスの奈穂が話しかけてきた。

「鬼丸先生、入ってもいいですか？」

「先生はやめてくれって言ったはずだがな。こっちは、しがないピアノ弾きなんだ。そんなふうに呼ばれると、小ばかにされてるみたいで……」

「意外に僻みっぽいんですね。入らせてもらってもいいですか？」

「どうぞ」

鬼丸は素っ気なく答えた。

ドアが開けられ、奈穂が更衣室に入ってきた。純白のスーツが眩しい。きょうも美しさは際立っていた。二十五歳だが、まだ肌は瑞々しかった。

「先生に似合いそうな麻のシャツがあったの。貰ってくれます？」

「気持ちだけ貰っとくよ」

「そんなこと言わないで、ちゃんと着てください。お願い！」

「強引だな」

鬼丸は苦く笑って、立ち上がった。奈穂がソファを回り込んできて、黒っぽい紙袋からサンドベージュの麻のシャツを取り出し、鬼丸の胸に宛がった。

「やっぱり、似合いますね」

「このプレゼントには何か意味があるのかな？」

「特にありませんけど、この際だから、告白しちゃいます。わたし、先生のことが好きなんです。オーストラリア人の彼女には悪いけど、恋心が消えないの」

「そういうことなら、このプレゼントは受け取れないな。きみは飛び切りの美人だが、異性として意識したことはないんだ」

「先生、それ以上は何も言わないで。わたし、わかってるの。ずっと片想いでもいいと思っています」

「弱ったな」

「先生に迷惑はかけませんので、少しの間、わたしの一人相撲(ずもう)を黙って見ててほしいんです」

「そう言われてもね」

鬼丸は困惑した。

急に奈穂が爪先(つまさき)立って、軽く唇を重ねた。一瞬の出来事だった。

「この程度の反則には目をつぶってくださいね」

奈穂は麻のシャツを鬼丸に押しつけると、そそくさと更衣室から出ていった。鬼丸は麻のシャツを紙袋に入れ、ひとまずロッカーに納めた。

奈穂は決して悪い女ではない。ナンバーワンでありながらも、少しも高慢なところはない。思い遣(や)りもある。しかし、好みのタイプではなかった。

数分が流れたころ、若い黒服が鬼丸を迎えにきた。

鬼丸はフロアに出て、ピアノの前に坐(すわ)った。まだ時刻が早いせいか、客席は半分も埋まっていなかった。

鬼丸は客たちに目礼し、『ペーパームーン』を弾きはじめた。レパートリーの大半はジャズのスタンダードナンバーだった。

さりげなく目で奈穂を探す。中央の席で、指名客と何やら愉(たの)しげに談笑していた。鬼丸には背を向ける恰好だった。鬼丸はほっとし、鍵盤に指を踊らせつづけた。メドレーで四曲演奏し、最初のステージのラストナンバーに移った。

『サイド・バイ・サイド』の間奏に入ったとき、二メートル近い大男が黒服に導かれてピアノの前のテーブルについた。蛭田だった。

クリーム色の背広姿だ。分厚い肩は、アメリカンフットボールのプロテクターを連想させる。頭はクルーカットだ。目は糸のように細い。

蛭田が笑みを浮かべて、グローブのような手を掲げた。鬼丸は目で笑い返した。

3

高鼾が耳障りだった。

居間の長椅子で寝ている蛭田の鼾は、途切れることがなかった。鬼丸は溜息をついて、ナイトテーブルの上に置いた腕時計を摑み上げた。

三週間ほど前に買ったＩＷＣだった。スイス製の高級腕時計だ。ロレックスなどとは違い、気品がある。デザインはクラシカルタイプだった。

時刻は午前十時近い。

鬼丸は蛭田と一緒に明け方まで飲み歩いていた。アルコールには強い蛭田も、珍しいことにへべれけに酔った。そんなわけで、鬼丸は巨漢のデス・マッチ屋を自宅に泊めたのである。

　蛭田の鼾に安眠を妨げられ、わずか二時間弱しか寝ていない。さすがに頭が重かった。しかし、もう眠気は殺がれてしまった。

　鬼丸はベッドの上で胡坐をかき、ロングピースを吹かしはじめた。

　ふた口ほど喫ったとき、部屋のインターフォンが鳴った。生命保険の勧誘か何かだろう。鬼丸はインターフォンを無視して、紫煙をくゆらせつづけた。一服し終えても、チャイムは鳴り熄まない。鬼丸は仕方なく、素肌に洗いざらしの白いTシャツを着た。薄茶のイージーパンツを穿いて、急いで寝室を出る。

　蛭田は豪快な鼾をかいていた。

　鬼丸は、居間の壁に設置されているインターフォンの通話ボタンを押した。

「どなた？」

「原宿署の者です。鬼丸竜一さんですね？」

　中年男の低い声が流れてきた。

「そうです。ご用件は？」

「昨夜の発砲事件のことで、ちょっと話をうかがいたいんですよ」

「発砲事件ですか!?」

鬼丸は、ことさら驚いて見せた。

「とぼけないでください。あなたを狙って中国製トカレフのノーリンコ54を二発ぶっ放した伍東勝正が犯行を認めてるんですから。坊主頭の男ですよ」

「……………」

「鬼丸さん、いったい何を警戒されてるんです？　何か疚しいことをおやりになったのかな」

「冗談じゃない。いま、ドアを開けます」

「よろしく！」

相手の声が途絶えた。

鬼丸は通話終了ボタンを押し、玄関に足を向けた。ドアを開け、二人の刑事を三和土に入れる。

「わたし、刑事課の台といいます。台所の台と書くんですよ。ま、珍名でしょうな。連れは山崎です」
四十七、八歳に見える刑事が言った。相棒の刑事は三十代の前半だろうか。
「前夜、外出されるときに伍東に撃たれそうになりましたね？」

「ええ、まあ」

鬼丸は、台と名乗った刑事の顔を正視した。

「伍東に狙われた理由に心当たりは？」

「坊主頭の男は、なんと供述してるんです？」

「わたしの質問に答えてもらえませんか。あなたの職歴、少し調べさせてもらいました。六年数カ月前まで、公安調査庁にいらしたんですね」

「そこまでご存じなら、包み隠さずに申し上げましょう。昔、こっちは伍東が所属してる極右団体に潜り込んだことがあるんですよ。そのとき、たまたま寺門という大幹部が進歩派社会学者を刺殺した事実を知ったんです。それで、そのことをこっそり警察に通報したんですよ」

「そうですか」

「伍東の話によると、服役中の寺門は六日前に府中刑務所で急死したらしいんです」

「その話は事実です」

「やっぱり、そうでしたか。伍東という男はこちらが公調の職員だったことを見抜いて、警察に密告電話をかけたと推測したんでしょう。あいつは寺門が獄中で死んだのは、こっちのせいだと逆恨みしたようだな」

「主任、伍東の供述とぴったりですね」

山崎が台に言った。台が小さくうなずく。

「伍東は自首したんですか？」

「いいえ、そうではありません。遺留品の弾頭と薬莢に伍東の指紋が付着してたんですよ。奴には傷害の前科があったんです。それに、この近所の住民が伍東が逃げるところを目撃してました」

「で、伍東を任意で引っ張って自白わせたんですね？」

鬼丸は台刑事に問いかけた。

「ええ、そうです。伍東の供述と鬼丸さんの話は合致してますが、一つだけ疑問がありましてね。あなたは射殺されそうになったのに、なぜ一一〇番通報しなかったんです？」

「事件後に仕事が控えてましたし、別に被弾したわけじゃありませんでしたのでね。それに、警察の事情聴取がうっとうしく思ったんですよ」

「なるほど、それで通報されなかったのか」

「そうです」

「伍東は一昨日の夕方、河口湖畔で雑賀という仲間と一緒にあなたに襲いかかったと自供していますが、それについては？」

「その通りです。雑賀という男は伍東にけしかけられて、段平で斬りかかってきました。連れの女性が携帯してた防犯ブザーを鳴らしてくれたので、難を免れたわけです」

「連れの方のお名前は？」

台が上着の内ポケットから手帳を取り出した。

「怪我をしたわけじゃないんで、連れのことは勘弁してくれないか。相手に迷惑をかけたくないんですよ」

「その女性は人妻なんですか？」

「いいえ、独身です」

「それでしたら、なんの問題もないでしょ？」

山崎という刑事が会話に割り込んだ。

鬼丸は少し迷ってから、マーガレットのことを話した。台がマーガレットのフルネームと現住所をメモする。

「マギーのマンションに行って、事実関係の確認をするんですね」

「マギー？　お連れの方は、マーガレットさんでしょ？」

「あっ、失礼！　マギーというのは、マーガレットの愛称なんです」

「そうなんですか。そういえば、エリザベスをリズと呼んだりするな」

「それと同じです」

「勉強になりました。ところで、今後は何か事件に巻き込まれたら、必ず警察に連絡してくださいよね。ご協力に感謝します」

「いいえ、ご苦労さまでした」

鬼丸は刑事たちを犒った。台たちは、じきに辞去した。

これで、極右団体から狙われることはないだろう。鬼丸はひとまず安堵し、居間に戻った。蛭田は長椅子に腰かけて、腫れぼったい瞼を擦っていた。

「話し声で目が覚めたようだな」

「鬼丸さん、客は誰だったの？」

「刑事だよ」

鬼丸は経緯をかいつまんで話した。

「そんなことがあったんですか。そのことを『シャングリラ』で話してくれてりゃ、おれ、鬼丸さんを三軒も引っ張り回さなかったのに。悪かったすね」

「いいんだよ、気にしないでくれ」

「それから、こっちが奢るつもりで誘ったのに、結局、ご馳走になってしまって……」

「おれは、年下の人間に奢られるのが嫌いなんだよ。派手に散財したわけじゃないから、気にするな。それはそうと、また裏仕事が入ったんだ」

「今度は、どんな依頼なんです？」

蛭田が関心を示した。鬼丸はソファに坐り、新しい依頼内容を詳しく喋った。

「しばらく日本にいる予定ですんで、いつでも助っ人になります」

「そのうち、仁の力を借りることになるだろう。そのときは、ひとつ頼むよ」

「わかりました。それより、おれの鼾で眠れなかったんでしょ？」

「それも少しはあるが、妙に頭が冴えてしまってな」

「優しいな、鬼丸さんは。おれの鼾で寝つけなかったんだとは言いませんもんね。おれ、そろそろ自分の塒に引き揚げます」

蛭田が掛け声とともに、巨体を長椅子から浮かせた。鬼丸はすぐに引き留めたが、デス・マッチ屋はそのまま玄関に向かった。

蛭田の自宅マンションは中野区内にある。古ぼけた建物だが、間取りは２ＬＤＫだった。鬼丸は寝室に入り、ベッドに仰向けに横たわった。もう眠れそうもなかったが、少し体を休めることにしたのだ。

堤航平が訪ねてきたのは午前十一時過ぎだった。

玄関に入るなり、来訪者が訊いた。

「鬼丸ちゃん、昨夜、何があったんだい？」

「発砲事件のことですね」

「そう。裏ビジネスで、何か失敗踏んだらしいな」

「そうじゃないんですよ」

鬼丸は手短に説明し、堤をリビングソファに坐らせた。

「少し前まで仁が長椅子で寝てたんですよ。明け方まで、あいつと飲み歩いてたんでね」

「鬼丸ちゃんは元気だな。もう四十になったっていうのに、夜っぴいて飲めるんだからさ」

堤が呆れ顔で言い、ハイライトをくわえた。

小太りで、髪は短く刈り込んでいる。げじげじ眉が印象的だ。やや落ちくぼんだ目は鋭い。肌は浅黒かった。

鬼丸は手早く緑茶を淹れ、堤と向き合う位置に腰を落とした。

「また、堤の旦那に内職を回せそうです」

「裏仕事が入ったんだな。どんな依頼なのかな」

堤が身を乗り出した。鬼丸は東都テレビの栗原専務の依頼内容を明かした。

「鬼丸ちゃん、資料も見せてくれないか」

堤が言った。鬼丸は立ち上がり、リビングボードの引き出しから預かったデータを取り出した。コピーの束を堤に手渡し、元のソファに腰を据える。

「こいつら三人はダミー臭いな。三人に張りついてりゃ、背後の人物が浮かび上がってくるだろう」

「おれもそう考えて、午後からベンチャービジネスでしくじったという川岸要をマークしてみようと思ってるんです」

「そうかい。夜になったら、おれも曽我峰夫か沼辺陽介のどちらかに張りつくよ」

「別に謝礼をけちるわけじゃありませんが、そちらの出番はもう少し後で結構です。川岸って男があっさり背後の人物の名を吐くかもしれませんので」

「そうだな。それじゃ、おれは待機してらあ」

堤が短くなった煙草の火を揉み消し、茶を啜った。

鬼丸は煙草に火を点けた。ちょうどそのとき、堤が自嘲的に呟いた。

「考えてみりゃ、おれもずいぶん情けない男だよな。鬼丸ちゃんに内職を回してもらわなきゃ、好きな酒も飲めねえんだから」

「子供たちが大学生と予備校生なんだから、仕方ないですよ。教育費がかかるときだしね」

「そうなんだが、安い俸給で地道に暮らしてる同僚もいる。おれも堕落したもんだ。けど、こっちは銭欲しさだけで鬼丸ちゃんに協力してるんじゃないぜ。捜査の仕事が根っから好きなんだよ」

「わかってますって」

「きれいごとに聞こえるよな、こんな言い訳は」

「公務員は副収入を得ることを禁じられてますが、別に旦那は暴力団に捜査情報を流して銭を貰ってるわけではありません。あんまり潔癖に考えないほうがいいですよ」

鬼丸は言った。

堤が曖昧な返事をして、マークする三人について手帳に書き留めた。

「堤さんは仕事をほうり出して、こっちの様子を見に来てくれたんでしょう？」

「うん、まあ」

「心配かけましたね。もう原宿署の刑事たちは来ないと思います」

「ああ、多分な」

「もう職場に戻ってください」

鬼丸は堤の立場が悪くなることを考えて、辞去を促(うなが)した。堤は素直に忠告に従い、間もなく帰っていった。

鬼丸は冷凍ピラフをサラダオイルで炒(いた)め、ブランチを摂(と)った。皿とスプーンを洗っていると、マーガレットから電話がかかってきた。

「いまさっき、原宿署の刑事さんたちが来たの。河口湖の一件を正直に喋っちゃったんだけど、まずかった？」

「別に問題ないよ。刀を振り回した奴も逮捕されれば、おれはもう極右団体の連中に追い回されなくなるだろう」

「そうかな。あの二人の仲間たちが竜一をしつこく狙うんじゃない？」

「いや、それはないと思うよ。例の二人が捕まったら、下手(へた)には動けなくなるからな」

「そうなら、いいんだけど」

「マギーまで巻き添えにして、済まなかったな。しかし、もう大丈夫だよ」

鬼丸は恋人を安心させ、電話を切った。

手早く戸締まりをして、部屋を出る。鬼丸はエレベーターで一階に下り、そのままレンジローバーに乗り込んだ。

空はどんよりと曇っていた。いまにも雨が降り出しそうだ。

鬼丸は車を発進させた。資料によると、川岸の自宅は目黒区大岡山にある。

川岸の家を探し当てたのは、およそ四十分後だった。東京工大の裏手の住宅街の外れにあった。小綺麗な家屋だった。IT関連のベンチャー企業を経営していた川岸が、羽振りのよかった時代に手に入れたマイホームなのではないか。

川岸邸の前には、柄の悪そうな男たちがたたずんでいる。三人だった。借金取りなのかもしれない。

鬼丸は、車を川岸邸の隣家の生垣に寄せた。レンジローバーを降り、川岸の自宅に向かう。三人の男が鬼丸を見ながら、何か言い交わした。黒っぽいダブルの背広を着た男が声をかけてきた。

「もしかしたら、おたくも同業者かな。金融業者でしょ？」

「ええ、まあ」

鬼丸は話を合わせた。

「やっぱりね。いまごろ現われるんじゃ、小口融資だったんだろうな」

「ま、そうですね」

「川岸にいくら回してやったの？」

「二百五十万です」

「その程度なら、諦めがつくよね。けど、おれたちはそれぞれ数千万円も焦げつかせてるから、こうして毎日押しかけてるんだ。けど、川岸は十日も前から雲隠れしたまま、まったく自宅に寄りつかないんだよ」

「家に奥さんは？」

「いることはいるんだが、夫の居所は知らないの一点張りなんだ。川岸の自宅の土地を抵当にしてるメガバンクはのんびり構えてられるだろうが、われわれ街金は無担保融資だから、とことん粘らなきゃな」

「そうですね。川岸の奥さん、本当に夫がどこにいるか知らないんだろうか」

「きのう、うちの会社で雇ってる若い取り立て屋を家の中に押し入らせて、ちょっと奥さんに脅しをかけてもらったんだ。けど、夫の居所は知らないと繰り返したらしいんだよ」

サングラスをかけた猪首の男が言った。右手首には、ゴールドのブレスレットを光らせている。

「そう」

「川岸が逃げ回るつもりなら、かみさんと高校生の娘をお風呂か風俗店に売っ飛ばして、保証人の連中には内臓売らせるか」

「そこまでやっちまいたいよな」

パーマをかけた背の低い男が真顔で同調した。三人は集金に通っているうちに、なんとなく親しくなったのだろう。

「川岸が東都テレビの株を買い漁ってるって噂を小耳に挟んだんだが、真偽はどうなんです？」

鬼丸は誰にともなく問いかけた。すると、ダブルの上着をまとった男が口を開いた。

「どこでそんな話を聞いてきたのか知らないが、まるでリアリティーがないね。川岸は六十億円近い負債を抱えて、会社を潰したんだ。借金だらけの男が東都テレビの株を買い漁れるわけないでしょ？」

「ま、そうでしょうね。しかし、グリーンメーラーのダミーとして、株を買い集めてる可能性はあるんじゃないのかな」

「なるほど、そういうことは考えられるか」

「どなたか、川岸と繋がりのある株買い占め屋を知りませんか？」

「おれは知らねえな」

ダブルスーツの男が即座に首を横に振った。

鬼丸は、ほかの二人に眼差しを向けた。サングラスをかけた男とパーマで頭髪を縮らせた小男が相前後して、知らないと答えた。

「そうですか」

「ここで川岸の帰りを待ってるのも、なんか癪だな。退屈しのぎに、みんなで奴の奥さんを輪姦しちゃおうか。え？」

ダブルスーツを着た男が二人の同業者に冗談を言った。と、パーマをかけた男が苦笑した。

「川岸の奥さんは確か四十過ぎだよ。そんな年増を裸にしたって、面白くないでしょ？」

「あんた、まだ色の道を究めてないな。四十女は男を蕩けさせてくれるんだ。川岸の奥さんも、きっと床上手だよ」

「おれはノーサンキューだな。どうせコマすなら、娘の上に乗っかりたいね」

「こっちも娘のほうがいいな」

パーマ頭が茶々を入れた。三人の金融業者は下卑た笑いを高く響かせた。

「わたしは小口だから、引き揚げることにします。ここで粘っても、どうせ集金できないでしょうから」

鬼丸は男たちに言って、レンジローバーに向かって歩きだした。

4

鉄筋コンクリート造りの三階建てだった。

曽我峰夫の自宅である。一年あまり前まで不動産会社の社長だった男の住まいは、まさに豪邸だ。敷地は優に二百五十坪はあるだろう。渋谷区代々木一丁目の一角に建っている。

鬼丸は門の前に立ち、磁器タイル張りの建物を見上げた。

窓には、カーテンがなかった。ブラインドもない。ガレージも空っぽだった。

邸はひっそりとしている。誰も住んでいない様子だ。だが、表札は外されていない。

曽我は一家で転居したと見せかけ、債権者の目を逸らせたのか。そうだとすれば、家のどこかに隠れているのだろう。

鬼丸は、さりげなく周囲を見回した。

人の気配はうかがえない。鬼丸は門扉を乗り越え、邸内に忍び込んだ。

庭の芝は伸び放題だった。鬼丸はポーチに急ぎ、手製の万能鍵で玄関ドアのロックを解いた。そっとドアを開け、耳をそばだてる。物音は何も聞こえない。

鬼丸は靴を脱ぎ、広い玄関ホールに上がった。ホールに接した応接間のドアは、開け放たれている。

室内には家具も調度品も置かれていない。鬼丸は一階の居間、仏間、食堂、キッチンと順に見て回った。どこも無人だった。

鬼丸は二階に上がり、各室を覗いた。

やはり、家具一つ見当たらない。三階も同じだった。すべての物入れまでチェックしてみたが、曽我はどこにも隠れていなかった。どうやら一家で引っ越ししてしまったらしい。

鬼丸は階下に戻り、玄関から出た。ドアをロックして、ポーチの階段を下りはじめた。

ちょうどそのとき、門扉が開けられた。背広をきちんと着た男たちが入ってきた。二人だった。どちらも三十代の後半と思われる。片方は帝都銀行の名入りの書類袋を手にしていた。もうひとりは、縁なし眼鏡をかけている。

「あなた、ここで何をしてるんです？」

書類袋を持った男が訝しげに訊いた。

「曽我さんの知り合いなんだ。久しぶりに曽我さんとこに遊びに来たんだが、インターフォンに応答がなかったので、ちょっと無断で邸内に入らせてもらったんですよ」

鬼丸は言い繕った。

「そういうことをされると、困るんですよね。この不動産は帝都銀行の担保物件で近々、競売にかけることになってるのですから」

「そうだったのか。曽我さんは、どちらに引っ越されたんです？」

「調布市の借家に引っ越しました、数日前にね」

「転居先、教えてくれませんか。わたし、十年ほど前に曽我さんにお世話になったんですよ。逆境で苦しんでいるようだから、何か恩返しをしたいんです」

「それは立派なお心がけですが、もう曽我さんは再起できないでしょう。負債総額が百億を超えてますのでね」

「そういう話を聞いたら、余計ほうってはおけなくなったな。引っ越し先の住所、ぜひ教えてくれませんか。お願いです」

「仕方ない、いいでしょう」

相手がスマートフォンで確認してから、曽我の新住所を告げた。調布市つつじケ丘だった。

鬼丸は所番地を頭に刻みつけ、邸の外に出た。午後二時半を回っていた。鬼丸は路上に駐めたレンジローバーに乗り込み、目的地に向かった。

曽我の転居先に着いたのは三時二十分ごろだった。

みすぼらしい借家で、庭も狭い。木造モルタル塗りの二階家だ。外壁は、ところどころ剝がれ落ちている。鬼丸はレンジローバーを曽我の家の斜め前に寄せ、ごく自然に外に出た。通行人を装いながら、様子をうかがった。

家の中から、ラップミュージックが洩れてくる。曽我の息子か、娘が在宅しているらしい。鬼丸は木戸を開け、玄関のガラス戸の前に立った。旧式の呼び鈴を鳴らす。

ややあって、十七、八歳の少年が応対に現われた。茶髪で、小鼻にピアスを飾っている。

「曽我さんの息子さん？」

鬼丸は問いかけた。

「うん、そう。おたく、誰なの？」

「親父さんの知り合いだよ」

「ふうん。ひょっとして、街金の人？」

「いや、そうじゃない。不動産関係の仕事をしてるんだ。曽我さんは？」

「いない。よく知らないけど、親父は金策に駆けずり回ってるんだと思うな」

「お母さんは？」

「仕事だよ」

「この近くのスーパーかどこかで働いてるのかな」

「ううん、違うよ。おふくろは歌舞伎町の人妻ヘルスで働いてんだ。借金だらけだから、仕方ないよな」

「その店の名は？」

「おれ、そこまでは知らないよ。でも、おふくろは割に指名客が多いらしくて、日払いで三、四万は貰ってくるんだ。四十二歳のおふくろにしゃぶられて喜んでるおっさんたちがいるんだから、世の中って面白いよね」

曽我の倅が乾いた声で言った。

「きみはバイトをやってないのか？」

「やってるよ、ボーイズバーでね。でもさ、ホストクラブなんかと違って、客はＯＬや若い主婦ばかりなんだ。客単価が低いから、たいした稼ぎにならないんだよ。それでもおふくろとおれの稼ぎがあるから、なんとか喰っていけるわけ」

「きみは、ひとりっ子なのか？」

「四つ違いの姉貴がいるよ。でも、姉貴はもう結婚しちゃってるから、家に金なんか入れてくれない。だから、おれは高校を中退して、頑張ってるわけよ」

「偉いな」

「別に偉くなんかないよ。人間、喰っていかなきゃならないじゃん？　それにしても、いまの世の中って、一寸先は闇だね。おれ、大学出たら、親父の会社に入ってさ、ゆくゆくは二代目社長になれると思ってたんだ」

「確かに誰も先行きが見えなくなってるな。ところで、親父さんが東都テレビの株を買い集めてるって話は知ってるか」

「そんな話、初耳だな。親父は見栄（みえ）っ張りだから、フカシこいたんじゃないの？　株を買う金なんかあるわけない」

「どうもスポンサーがいるらしいんだ。つまり、親父さんは会社乗っ取り屋か仕手集団のダミーとして、テレビ局の株を買い漁ってるようなんだよ。当然、それに見合うだけの謝礼は受け取ってるんだろう」

「親父、金なんか持ってないよ。出かけるとき、いつもおふくろから一万とか二万貰ってるんだ。ちょっと前までロールスロイスを乗り回してた親父がそこまで落ちぶれちゃったんだから、人生って、本当にわからないね」

「親父さんは、まだ謝礼を貰ってないんだろう。それはそうと、お父さん、携帯電話（ガラケー）かスマホを持ってるよな？」

　鬼丸は確かめた。

「スマホを持ってるけど、おれ、ナンバー知らないんだ」

「そうなのか。夜なら、親父さんと会えそう？」

「さあ、どうかな。おれ、夜はバイトで家にいないから、いつも親父が何時ごろに帰ってきてるのかわからないんだ」

「そう。お母さんは何時ごろ？」

「たいてい夕方の六時半前後には戻ってくるね。おたくの名前は？　おふくろが帰ってきたら、おたくのことを伝えとくよ」

　曽我の息子が言った。

「中村太郎って言うんだ」

「なんか偽名っぽいな。おたく、何者なのよ。どうも借金取り臭いなあ。そうなんじゃないの？」

「出直すことにするよ」

　鬼丸は玄関のガラス戸を閉め、表に出た。

　と、近くに筋者と思われる三十代半ばの男が立っていた。青いカラーシャツの袖口から刺青が覗いている。白っぽいスーツを着ていた。

「あんた、取り立て屋じゃねえよな？」

　やくざっぽい男が話しかけてきた。

「そっちこそ、何者なんだ？」

「おれは曽我さんのボディーガードみてえなもんさ。何を嗅ぎ回ってる？」

「質問の意味がよくわからないな」

「ちょいと忠告しておくが、曽我さんの身辺をうろつかねえほうが身のためだぜ」

「曽我に株の購入資金を提供してる人物に雇われてるようだな」

「なに言ってやがるんだっ。わけわかんねえよ」

「曽我たち三人のダミーを使って東都テレビの株を七百五十万株も買い集めさせたのは、どこの誰なんだ？」

鬼丸は言いながら、相手を見据えた。男がうろたえ、視線をさまよわせた。

「図星だったか」

「あんた、何か勘違いしてるな。それはとにかく、曽我さんに妙な関心は持たねえことだ。目障りなんだよ」

「おれは他人に指図されると、むかつくタイプなんだ」

鬼丸は挑発した。

「なんだと⁉　おれをあまり見くびるんじゃねえ。なめた口をきくと、大怪我することになるぜ」

「どこの組員なんだ？　ヤー公なんだろっ」

「てめえ、なめやがって！」

「路上でファイトするか？」

鬼丸は薄く笑って、胸の前で拳を固めた。

相手が気色ばみ、勢いよく踏み込んできた。足を止めるなり、前蹴りを放った。

鬼丸は横に跳んだ。男が怒声をあげ、右のロングフックを繰り出した。鬼丸はわずかに上体を反らせ、パンチを躱した。

「てめーっ」

男が狭い額に青筋を立て、懐を探った。刃物か、拳銃を取り出す気らしい。

鬼丸は前に踏み出し、ボディーブロウを浴びせた。

男が短く呻き、やや前屈みになった。

鬼丸は相手の顎をショートアッパーで掬い上げた。暴力団員と思われる男が大きくのけ反った。

すかさず鬼丸は、体当たりをくれた。

男が仰向けに引っくり返った。鬼丸は走り寄り、相手の睾丸を蹴った。男が手脚を縮めて、不揃いの歯列を剝いた。

「雇い主の名は？」

鬼丸は訊いた。男が唸りながら、上体を起こした。

その右手には、デトニクスが握られていた。アメリカ製の自動拳銃だ。

コルト・ガバメントのコピーモデルだが、銃身はぐっと小さい。ただ、四十五口径だ。侮れないピストルである。

鬼丸は足を飛ばした。

前蹴りは男の右肩に決まった。男はふたたび倒れたが、デトニクスは落ちなかった。

鬼丸は男にのしかかり、武器を奪う気になった。

だが、間に合わなかった。やくざと思われる男が跳ね起き、スライドを滑らせた。初弾が薬室に送り込まれた。

鬼丸は数歩、退がった。

「動くんじゃねえ」

「明るいうちに拳銃なんてちらつかせてたら、誰かに一一〇番されるぞ」

「うるせえ」

男が吼え、上着の裾でデトニクスの銃身を包み隠した。

「銃口が丸見えだぜ。そんな物騒な物、早くしまえ。サイレンサーなしじゃ、どうせ撃てっこないんだから」

「てめえの出方によっては、ぶっ放す。道の端っこに寄りな」

「いいだろう」

鬼丸は言われた通りにした。男が大股で歩み寄ってきて、デトニクスの銃口を鬼丸の腹部に突きつけた。

「東都テレビに雇われた探偵なのか？」

「外れだ」

「この野郎、ふざけんな。クイズやってんじゃねえんだっ。名前は？」

「忘れたよ」

「いい度胸してんじゃねえか。運転免許証は、どのポケットに入ってる？」

「さあ、どのポケットだったっけな」

「世話を焼かせやがる。両手を頭の上で重ねろ」

「そんなことしたら、通りかかる人たちに怪しまれるぞ」

「いいから、言われた通りにしろい！」

「わかったよ」

鬼丸は両腕をゆっくりと掲げた。

男が左手で鬼丸の上着の両ポケットを軽く叩き、内ポケットを探りかけた。鬼丸は少し後退し、相手の向こう臑を靴の先で蹴った。

骨が鈍く鳴った。デトニクスを握った男が口の中で呻き、左手で鬼丸の胸倉を掴んだ。

鬼丸は膝頭で、男の急所を蹴り上げた。相手の腰が砕けた。

隙だらけだ。鬼丸は相手の右手首を強く左手でホールドし、顔面にショートフックを見舞った。もろにヒットした。

男は大きくよろけた。鬼丸はデトニクスを奪おうとした。

すると、男が鬼丸の首に手刀打ちを叩き込んだ。

鬼丸は体を傾ける形になった。手からデトニクスの銃身がすっぽ抜けた。男が離れ、自動拳銃を構え直した。

その直後、少女たちの悲鳴が大気を震わせた。十数メートル離れた路上に、下校途中の女子中学生たちがひと塊になって立ち竦んでいた。五人か、六人だ。

「くそっ」

男が少女たちを睨めつけ、急に駆けだした。

鬼丸はすぐに男を追ったが、十四、五メートル先で走ることをやめた。男が発砲したら、流れ弾が女子中学生の誰かに当たるかもしれない。それを恐れたのだ。

筋者らしい男はみるみる遠ざかり、視界から消えた。少女たちの悲鳴に驚いた住民たちが次々に家から飛び出してきた。

鬼丸は慌ただしく自分の車に乗り込み、すぐ発進させた。曽我の自宅の周辺を巡ってみたが、逃げた男はどこにもいなかった。

一時間ほど過ぎてから、曽我の自宅近くで張り込むべきか。

夕方六時半まで粘れば、曽我の妻が帰宅するだろう。妻なら、当然、夫のスマートフォンの番号は知っているにちがいない。

うまくナンバーを聞き出せたとしても、未知の人物からの電話に出るだろうか。たとえ電話に出たとしても、不用意に居場所は口にしないのではないか。

また、曽我の妻は夫の株買い占めについては何も知らないと思われる。ダミーになって多額の謝礼を貰うことを知っていたら、すぐにも人妻ヘルスはやめていただろう。

ここで時間を無駄にするよりも、三人目のダミーと疑える者を締め上げるべきだろう。

沼辺陽介の自宅は杉並（すぎなみ）区永福（えいふく）にある。四十分そこそこで、沼辺の家に行けるだろう。

鬼丸はレンジローバーを永福に走らせはじめた。

第二章　裏金融界の帝王

1

インターフォンを鳴らす。

応答はなかった。留守なのか。沼辺の自宅だ。

ありふれた住宅だった。元宝飾店社長は事業に金を注ぎ込んでいたらしい。

鬼丸は、またインターフォンを響かせた。

すると、ようやく中年女性の声がスピーカーから流れてきた。

「金融会社の方なんでしょ？　夫は、本当に家にはいないんですよ」

「奥さん、わたしは金融業者ではありません」

「あら、どうしよう!?　ごめんなさい。日に何人も借金取りが押しかけてくるんで、つい
……」

「わたしは法律事務所の者です」

　鬼丸は弁護士になりすました。

「法律事務所の方とおっしゃると、弁護士さんですか？」

「ええ、そうです。先日、沼辺さんが事務所を訪れたんですよ」

「夫はどんな相談をしたのでしょう？」

「負債額が大き過ぎて、とても返済は難しい。だから、いっそ自己破産の申請をしたほうがいいのではないかというご相談でした」

「自己破産ですって⁉」

「ええ。ご主人は考えてみるとおっしゃって帰られたのですが、その後、何も連絡がないので、こうして伺った次第です」

「少々、お待ちください」

　沼辺の妻がインターフォンをフックに戻し、玄関のドアを開けた。四十三、四歳で、小柄だった。顔立ちは整っているが、やつれが目立つ。

「わたし、中村太郎といいます。法律事務所は新橋にあります。ご主人、どちらにお出かけなんでしょう？」

「弁護士さんなら、話してもいいわね。実は主人、先月から近くのアパートで独り暮らしをしてるんですよ」

「ご自宅にいると、債権者たちに金の返済をうるさく迫られるからなんですね」

「ええ、そうなの。わたしは夫の事業にはノータッチだったので、数十億円の借金があるなんて思ってもみなかったんですよ。わたし、夫を責めました。そこまで経営が苦しかったんだったら、妻のわたしにも打ち明けるべきでしょう？」

「ええ、そうですよね。しかし、沼辺さんは奥さんに心配をかけたくなかったのでしょう」

「そうだったとしても、わたしたちは夫婦なのよ。あまりにも他人行儀だわ。それに沼辺ったら、離婚しようなんて言い出したんです。別れれば、債権者たちが元妻のわたしに借金の肩代わりをしろとは言わないだろうからって」

「それは、ご主人の思い遣りだったんでしょう。愛情と言ってもいいのかもしれません」

「わたしたちの結婚生活は二十年以上になるのよ。夫婦は一心同体なんて言わないけど、苦しいときは支え合うものでしょ？」

「それが望ましい形でしょうね」

「好景気のときは儲かって儲かって、わたしもいろいろ贅沢をさせてもらったわ。だから、主人が借金塗れになったからって、逃げ出すようなことはしませんよ。だから、この家で債権者たちと懸命に闘ってるんですよ」

「ご苦労されてますね」

「それなのに、夫はわたしに相談もなしに勝手に自己破産の申請をしようとしてたなんて、なんだか裏切られたような気持ちだわ」

「お気持ち、わかります」

　鬼丸は、そうとしか言えなかった。

「沼辺が言ってた話は嘘だったのね。主人は名義を貸して株取引の代行をすれば、少しまとまった謝礼を貰えると言ってたんです」

「それは、仕手集団のダミーか何かになるってことなのかな？」

「よくはわからないけど、多分、そうなんだと思います」

「そういう儲け話を沼辺さんに持ちかけたのは、どこの誰なんでしょう？」

「さあ、そこまではわかりません。でも、夫は一千万円前後の謝礼を貰えそうだと喜んでたんですよ。何十億円も負債があるわけだから、その程度のお金は焼け石に水なんだけど、一時凌ぎにはなるでしょ？」

「そうでしょうね」

「だけど、その話は嘘だったのね。夫は弁護士さんのところに、自己破産の相談に行ったわけだから」

「ご主人は再起にかける気力をなくしてしまったのかもしれません」

「自己破産すれば、債務は帳消しにしてもらえるんですか？」

　沼辺の妻が問いかけてきた。

「原則的には、そういうことになりますね。しかし、失うものも大きいんです。社会的な信用はなくなるでしょうし、一定期間は金融機関からの融資は受けられなくなります。それから、クレジットでの買物もできなくなりますね」

「そんな制約があるんだったら、自己破産なんかすべきじゃないわ。弁護士さん、沼辺に考え直すよう言ってもらえないかしら？」

「ええ、説得してみましょう。ご主人が住んでるアパートは、どのあたりにあるんです？」

鬼丸は肝心なことを訊いた。

沼辺夫人はなんの警戒心も懐かなかった。沼辺が隠れ家に使っているアパートは五、六百メートル離れた裏通りにあるという。緑風ハイムという名で、沼辺の部屋は一〇五号室らしい。

鬼丸は沼辺の自宅を出ると、レンジローバーに乗り込んだ。

ほんの数分で、緑風ハイムに着いた。軽量鉄骨造りの古いアパートだった。

鬼丸はレンジローバーを緑風ハイムの脇に駐め、一〇五号室に近づいた。

ドアに耳を押し当てる。テレビの音声がかすかに聞こえた。沼辺は室内にいるようだ。

鬼丸はノックした。

ややあって、部屋の中で人の動く気配が伝わってきた。ドア越しに中年男が問いかけてきた。

「どなたでしょう？」

「警察の交通課の者です。沼辺陽介さんですね？」

「はい、そうです。わたしの家族の誰かが交通事故を起こしたのでしょうか？」

「奥さんがタクシーに撥ね飛ばされて、怪我をされたんですよ」

鬼丸は、でまかせを口にした。

すぐに一〇五号室のドアが開けられた。姿を見せた沼辺は、写真よりも老けて見えた。

鬼丸は室内に躍り込み、素早く内錠を掛けた。

「おい、何をしてるんだ⁉　あんた、警官じゃないなっ」

「死にたくなかったら、騒ぐな。おれは拳銃を持ってる」

鬼丸は懐に片手を突っ込んだ。むろん、芝居だ。

沼辺が全身を強張らせ、後ずさりしはじめた。間取りは、いわゆる1ＤＫだった。ダイニングキッチンは四畳半ほどのスペースで、右側にトイレと浴室が並んでいる。

奥の和室は六畳だった。テレビとカラーボックスがあるだけで、洋服簞笥や書棚は見当たらない。

鬼丸は上着の中に手を入れたまま、ダイニングキッチンに上がった。沼辺は奥の居室の窓辺で立ち止まった。

「な、何者なんだ？」

「押し込み強盗じゃないから、安心しろ。あんたに訊きたいことがあるだけだ」

「その前に、おたくの正体を教えてくれないか」

「事情があって、その質問には答えられない。とりあえず、畳に坐ってもらおうか」

鬼丸は穏やかに言った。

沼辺が短くためらってから、胡坐をかいた。鬼丸はテレビの音量を絞った。画面には、再放送の二時間ドラマが映し出されていた。

「あんた、東都テレビの株を三百万株あまり買い集めたな」

「だ、誰に聞いたんだ!?」

「質問に素直に答えないと、九ミリ弾であんたのどっちかの膝頭を撃ち砕くことになるぞ」

鬼丸は威した。

「そんなこと、や、やめてくれ。おたくの言った通りだよ」

「川岸要や曽我峰夫とは面識があるのか？」

「そういう名の男たちは知らない。その二人は、どういう人間なんだ？」

「どちらもあんたと同じように東都テレビの株を買い漁ってる。川岸が二百万株、曽我は二百五十万株ほど取得した。二人とも事業に失敗して、あんたと同じように巨額の負債を抱え込んでるんだ」

「わたしは健全経営してる。負債なんかないよ」

「あんたが借金だらけだってことは、もう調査済みなんだ。無駄な遣り取りはやめようや」

「………」

「あんたたち三人は、グリーンメーラーに頼まれて東都テレビの株を取得したんだなっ。つまり、ダミーってわけだ」

「なんでそこまで知ってるんだ⁉」

「余計な口はきくな。あんたは訊かれたことに答えればいいんだよ」

「わかった」

「株の購入資金の提供者は誰なんだい？」

「それは……」

沼辺が口ごもった。鬼丸は沼辺の腹を蹴った。沼辺がむせながら、横倒しに転がった。

「坐り直せ！」

「荒っぽいことはしないでくれ」

「早く上体を起こせっ」

鬼丸は声を張った。沼辺が弾かれたように身を起こし、慌てて坐り直した。

胡坐（あぐら）ではなく、正坐だった。腹部を蹴られ、竦（すく）み上がったのだろう。

「知り合いの華僑（かきよう）に頼まれて、東都テレビの株を百万株ほど買い集めたんだ」

「そいつの名は？」

「楊（ヤン）さんだよ」

「フルネームを言え！」

「えーと、楊芳霖（ヤンファンリン）だったか。歌舞伎町にテナントビルを五棟も持ってて、いろんな事業をやってるんだ」

「そいつに電話をしろっ」

鬼丸はカラーボックスの上に置いてあるスマートフォンを掴（つか）み上げ、沼辺に投げつけた。沼辺が両手でスマートフォンを受け取った。

「楊（ヤン）さんは、たいてい電源を切ってるんだ」

「いいから、電話してみろ」

鬼丸は急（せ）かした。

沼辺が登録電話番号を呼び出し、アイコンをタップした。だが、なかなか話し出さない。鬼丸は沼辺の手から、スマートフォンを奪い取った。ディスプレイには、日本人の男性名と電話番号が表示されていた。

鬼丸は沼辺のスマートフォンを耳に当てた。そのとき、電話が繋（つな）がった。

「沼辺社長、二百万だけでも都合つけてくれたんですね？　ありがたいな」

「おたくの本名は、楊芳霖なんじゃないのか？」

「何を言ってるんだ⁉　あれっ、その声は沼辺社長じゃないな。わたしは清水という者だ。宝石のブローカーだよ」

「ナンバーを間違えてました。迷惑をかけて申し訳ありません」

鬼丸は相手に謝り、登録者の氏名をすべてチェックした。楊の名はなかった。

鬼丸はテレビの音声を高めるなり、沼辺の顔面を蹴った。沼辺が達磨のように後方に倒れ、後頭部を窓枠にぶつけた。

「嘘ついたな。世話を焼かせやがる」

鬼丸は歩み寄り、沼辺の脇腹と側頭部を二度ずつ蹴った。沼辺が体を丸め、苦しげに唸りはじめた。

「株の購入資金は誰が出したんだっ。おれをこれ以上怒らせると、本当に膝の皿を撃つぞ」

「悪かった。苦し紛れに嘘をついたんだ。わたしは、会社乗っ取り屋の高岡誠司さんに頼まれて……」

「高岡だな？」

「そ、そうだよ」

鬼丸は沼辺のスマートフォンのディスプレイに高岡誠司を呼び出し、発信キーをタップした。待つほどもなく中年男の野太い声が耳に届いた。

「高岡だ」

「あんた、川岸、曽我、沼辺の三人をダミーにして、東都テレビの株を七百五十万株も買い占めたなっ」

「きさま、何を言ってるんだ?」

「空とぼける気か。沼辺がもう口を割ったんだっ。取得した株をプレミアムなしで、東都テレビに譲渡しろ。さもないと、あんたの弱点をマスコミに流すぞ」

「おれは神父よりも禁欲的な暮らしをしてる。弱みなんか何もない」

「そっちの狙いは、高いプレミアムを付けて東都テレビに七百五十万株を買い戻させることなんだろ?」

「おれは東都テレビの株なんかにゃ、まったく興味ない。沼辺が何を言ったか知らないが、あいつの話を鵜呑みにしないほうがいいな」

高岡が言い放って、電話を切った。

鬼丸は、沼辺のスマートフォンを上着の左ポケットに収めた。

「こいつは貰っとく」

「債権者から金の催促の電話がかかってくるぞ。それでもよければ、くれてやるよ」

「いいさ。高岡から謝礼を貰ったのか？」

「経費として百万受け取っただけで、まだ謝礼は貰ってない。東都テレビの株を五百万株分取得したら、一千万円を貰えることになってたんだ」

「株の購入資金は、あんたの銀行口座に振り込まれてたんだな？」

「そうじゃない。必要な額を高岡さんの使いの者が現金で運んでくれてたんだ。わたしはその金で、指示通りに東都テレビの株を買い増してたんだよ」

「高岡は購入資金の出所を誰にも知られたくなかったんで、わざわざキャッシュをあんたんとこに運ばせてたわけか」

「そういうことだと思うよ。おたく、高岡さんをあまり怒らせないほうがいいぞ。彼は経済やくざたちから師と仰がれてる男で、裏社会との繋がりも深いんだ」

　沼辺は忠告した。

「一応、拝聴しておこう。高岡誠司は幾つなんだ？」

「五十三、四だよ」

「妻帯者だな？」

「ああ。息子が二人いるらしいが、詳しいことは知らない。奥さんは代官山かどこかでフレンチ・レストランを経営してるみたいだよ」

「高岡のオフィスは、どこにあるんだ？」

「赤坂五丁目のＮＫビルの十階に事務所を構えてる」

「高岡とのつき合いは長いのか？」

「三年ちょっとのつき合いだな。同じカントリークラブの会員同士なんで、なんとなく交際がはじまったんだ。しかし、それほど親しいわけじゃない」

「ダミーの件は、高岡が持ちかけてきたんだな？」

「そうだよ。事業に失敗して借金だらけだったんで、二つ返事で引き受けたんだ。しかし、わたしは高岡さんが何を企んでるのかは知らないんだよ。おそらく狙いは、おたくが電話で言ってたことなんだろうがね」

「くどいようだが、川岸や曽我はまるで知らないんだな？」

「ああ。高岡さんがその二人にも同じことをさせてることも、まったく知らなかったよ。川岸や曽我って男も借金を抱えてたの？」

「そうだ。高岡の女性関係はどうなんだい？」

鬼丸は訊いた。

「派手な顔立ちの若い女を何度かグリーンに連れてきたことがあるよ。二十六、七歳かな。多分、彼女は高岡さんの愛人なんだろう。名前は知らないがね」

「そうか。高岡の自宅は？」

「目黒区八雲二丁目にあるはずだ」

「とんだ災難だったな」

「最悪だよ。なんで、こんな目に遭わなきゃならないんだっ」

沼辺が腹立たしげに言って、拳で畳を力まかせに叩いた。

鬼丸は無言で沼辺から離れ、一〇五号室を出た。あと数分で、午後五時になる。

レンジローバーに乗り込んでから、鬼丸は堤航平のスマートフォンを鳴らした。すぐ通話可能になった。

「旦那、会社乗っ取り屋の高岡誠司のことは知ってます？」

「知ってるよ。高岡は悪名高い野郎だからな。奴が乗っ取った中小企業は百社じゃきかないんじゃねえか」

「堤さん、高岡の犯歴を調べてほしいんですよ。それから、裏社会との繋がりもね」

「オーケー、任せてくれ。高岡が例のダミーたちのバックにいやがったのか」

「そうなんです。たったいま、沼辺を痛めつけて、株の購入資金の提供者の名を吐かせたところなんですよ」

「そうかい。それじゃ、後は高岡を追い込むだけだな」

「高岡の背後に黒幕がいなけりゃ、間もなく一件落着でしょう」

「鬼丸ちゃん、安心するのはまだ早えかもしれねえぞ」

堤が急に声をひそめた。

「高岡を背後で動かしてる人物がいるかもしれない？」

「ああ、ひょっとしたらな。鬼丸ちゃんの話によると、三人のダミーは併せて七百五十万株もすでに取得してるってことだったろ？」

「依頼人の栗原専務は、そう言ってました。経済調査会社に調査させたという話でしたから、その数字は正しいと思います」

「だろうな。これまで高岡が株を買い占めたのは、新興企業や中小企業が圧倒的に多い。巨大商社と較べりゃ、テレビ局の発行株数はずっと少ない。それでも、東都テレビといえば、民放では横綱クラスだ」

「そうですね」

「高岡は企業の買収や合併を手がけてるグリーンメーラーとはスケールが違う。要するに、取得した株の高値買い戻しを狙ってる小悪党だ」

「ま、そうでしょうね」

「そんな野郎がさ、たった独りで仕手戦を張れると思うか。狙った相手がちょっとでかすぎるだろ？」

「言われてみれば、確かに堤さんの言う通りですね。高岡は番頭格で、首謀者は別にいるんだろうか」

「おれは、そんな気がしてるんだ。いつもの勘ってやつだけどな」

「旦那の勘はよく当たるから、無視できません。表稼業をサボって、今夜から高岡に張りついてみます」

「それはいいが、鬼丸ちゃんは高岡の面、知らねえんだろ？」

「ええ。しかし、沼辺に高岡のオフィスと自宅を吐かせたから、なんとかなるでしょう」

「そういうことならな。高岡に関する情報を集めたら、すぐ鬼丸ちゃんに連絡すらあ」

「よろしく！」

鬼丸は電話を切ると、『シャングリラ』のオーナーの御木本に連絡を取った。

「先輩、申し訳ありませんが、今夜、仕事を休ませてください」

「体調を崩したのか？」

「ええ。昨夜、種なしプルーンを喰いながら、ワインをがぶ飲みしたせいか、どうも腹の具合が悪くってね」

「一、二曲弾いてトイレに駆け込むようじゃ、お客さんも興醒めだろう。いつもの音大生に代役を務めてもらうから、おまえはゆっくり静養しろ」

「そうさせてもらいます。月に何度も店を休んでるから、ギャラを少し下げてもらってもかまいません」

「おれがそんなセコいことをすると思ってんのか。今月も、ちゃんと八十万払うよ」

「それじゃ、なんか悪いな」

「おかしな遠慮はするなって。原価五、六千円のスコッチを一本三、四万で客にキープさせてるんだから、充分に儲かってんだ。鬼丸、早く元気になってくれ。それじゃ！」

御木本が屈託(くったく)のない声で言って、先に電話を切った。

鬼丸は太っ腹なオーナーに感謝しながら、イグニッションキーを捻(ひね)った。

2

赤坂五丁目に入った。

鬼丸は車のスピードを落とした。レンジローバーを低速で走らせながら、車道の左右に目をやる。ＮＫビルは造作なく見つかった。まだ割に新しい建物だった。

鬼丸は車をＮＫビルの斜(なな)め前に停止させた。

ハザードランプを灯(とも)したとき、堤から電話がかかってきた。

「まず高岡の犯歴から教えよう。高岡は四年前に大手証券会社の役員を都内の有名ホテルの一室に丸二日間閉じ込めて、監禁と恐喝容疑で検挙(アゲ)られてたよ」

「そうですか」

「大手証券会社は、大口投資家たちの損失をこっそり補塡(ほてん)してたんだ」

「高岡はその弱みにつけ込んで、口止め料を脅し取ったんですね？」

「いや、銭をせびったわけじゃねえんだ。高岡は乗っ取りを企んでた製菓会社が偽造株券を大量に発行してるというデマを証券業界に流せと役員に脅しをかけたんだよ」

「高岡は製菓会社の信用を失墜させて、大量売りされた株を安く買い叩く肚だったのか」

「その通りだよ。で、高岡は一年七カ月の有罪判決を受けた。もっとも三年の執行猶予付きだったんで、刑務所行きは免れたんだがな」

「そうなんですか」

「役員を拉致したのは、住川会系の三次団体の若い組員だったんだ」

「ということは、高岡は首都圏で最大の勢力を持ってる住川会と繋がりが深いってことですね？」

　鬼丸は言った。

「そいつは間違いねえよ。おれ、組対の刑事に確かめたんだ。高岡は住川会と強く結びついてるし、周辺の経済やくざとも交友があるって話だったよ」

「それじゃ、住川会以外の広域暴力団とも接触してそうですね」

「ああ、考えられるな。それからな、高岡は性的にちょっと歪んでるらしい」

「というと？」

「高岡はだいぶ前からスワッピング・パーティーを開いて、自分自身も若い愛人と参加してるみたいなんだ。金銭の授受がないんで、売春防止法にゃ引っかからない。公然猥褻罪の適用も難しいんで、手入れはできねえんだとよ」

「スワッピングは、いつも決まった場所で行われてるんですか?」

「いや、秘密会員たちのセカンドハウスやクルーザーなんかで……」

「高岡は秘密クラブの代表なんですね?」

「そこまでは確かめなかったが、おそらくそうなんだろう」

「堤さん、高岡の愛人の名は? 沼辺の話だと、高岡は二十六、七歳の女を囲ってるということだったんだが」

「残念ながら、そこまではわからなかったよ」

「そうですか」

「鬼丸ちゃんにさっき言い忘れたんだが、高岡誠司はぎょろ目で唇が分厚いんだ。鱈子唇ってやつだな。だから、写真を見なくても、すぐに奴だとわかるだろう」

「そう。少し前に赤坂のNKビルを探し当てたんだ。これから、十階の事務所の様子をうかがいに行ってみます」

「鬼丸ちゃん、油断すんなよ」

堤がそう言い、先に電話を切った。

鬼丸はスマートフォンをマナーモードに切り替えてから、車を降りた。道路を横切り、

NKビルに入る。

鬼丸はエレベーターで十階に上がった。高岡の事務所は奥まった場所にあった。『高岡エンタープライズ』というプレートが掲げられている。

鬼丸はドアに耳を押し当てた。

複数の男たちの話し声が聞こえる。電話で言葉を交わした高岡の声も混じっていた。単身で乗り込むのは得策ではない。

鬼丸は一階に降り、NKビルを出た。

すると、レンジローバーの車内を覗き込んでいる男がいた。後ろ姿に見覚えがあった。鬼丸は横に数メートル、移動した。デトニクスを持っていた筋者風の男だった。

鬼丸は車道を突っ切った。

気配で、男が振り向いた。すぐに不審者は走りはじめた。鬼丸は追った。相手は自動拳銃を隠し持っているにちがいない。

鬼丸はそう思いながらも、怯まなかった。

男は一度振り返ったが、拳銃を引き抜くことはなかった。鬼丸は追いつづけた。

少し経つと、男は裏通りに走り入った。鬼丸も細い道に駆け込んだ。

男の姿は掻き消えていた。どこかに身を潜めたのだろう。

鬼丸は物陰やビルの隙間に目をやった。しかし、男はどこにも隠れていなかった。

立ち止まったとき、駐車中の保冷車の陰から男が飛び出してきた。デトニクスを握っていた。三メートルも離れていない。まともに撃たれたら、命を失うことになるだろう。

鬼丸は保冷車の運転台の前に避難した。

だが、銃声は轟かなかった。男が走りだした。鬼丸は保冷車から離れ、ふたたび男を追いかけはじめた。

男は数百メートル走ると、通りかかったOL風の若い女性に組みついた。片腕を摑まれた二十一、二歳の娘が悲鳴をあげた。デトニクスの銃口は、若い女性のこめかみに押し当てられていた。

「おい、逆戻りしな！」

やくざと思われる男が大声で言った。

「通行人を巻き添えにするなっ」

「うるせえ！　早く来た道を引き返せ！」

「撃つなら、おれを撃て。その代わり、その娘を解放しろ」

「カッコつけんじゃねえ。もたもたしてると、この女の頭を吹っ飛ばすぞ」

「お願い、逆らわないで！」

若い女が哀願した。鬼丸は黙ってうなずき、すぐに踵を返した。

「走れ！　走りやがれっ」

男が命じた。

鬼丸は小走りに走りはじめた。七、八十メートル先で、小さく振り向く。娘は路上にしゃがみ込み、わなわなと震えていた。男は背を見せ、逃走中だった。追っても、追いつけそうもない。

鬼丸は娘のいる場所まで駆け戻った。

「巻き添えにして悪かったね。自分で立てる？」

「は、はい」

若い女がのろのろと立ち上がった。

「怪我は？」

「強く摑まれた腕が少し痛いけど、特に怪我はしてません」

「それは、不幸中の幸いだ」

「あなたは警察の方なんですか？」

「そうなんだ。指名手配中の男を追ってたんだがね」

鬼丸は話を合わせた。

「逃げた男が持ってた拳銃は、本物だったんですか？」

「ああ」

「やっぱりね。最悪の場合、わたしは殺されてたかもしれないんですね。やだ、また膝が震えはじめたわ」

「勤め先は、この近くにあるの？」

「はい、会社はあそこなんです」

若い女が数軒先にあるビルを指さした。

鬼丸は彼女を勤務先の前まで送り届け、自分の車に戻った。逃げた男の雇い主は、高岡だろう。鬼丸は十階の『高岡エンタープライズ』に乗り込みたい衝動を抑え、煙草に火を点けた。

一服し終えたとき、上着の内ポケットでスマートフォンが震動した。鬼丸はスマートフォンを耳に当てた。

「東都テレビの栗原です。何かわかりましたでしょうか？」

「三人のダミーに株の購入資金を提供してたのは、会社乗っ取り屋の高岡誠司という男かもしれません」

「さすがは凄腕の悪党ハンターですね。こんなに早く黒幕がわかるとは思っていませんでした」

「栗原さん、ちょっと待ってください。まだ高岡が川岸たち三人に東都テレビさんの株を買い集めさせていたという証拠を押さえたわけじゃないんですよ。高岡が怪しいという心証を摑んだだけなんです」

「そうなんですか」

　栗原専務の声が急に沈んだ。

「そうがっかりなさらないでください。一両日中に高岡に肉薄するつもりですので、間もなく結果は出せると思います」

「高岡という男が三人のダミーを操っていたことがはっきりしたら、何か相手の弱点を握っていただけますね？」

「もちろん、そうするつもりです」

「よろしくお願いします。七百五十万株の買い戻しの交渉は、東都テレビの顧問弁護士に任せようと考えているんですよ」

「そのほうがいいでしょう。結果が出次第、ご連絡します」

　鬼丸はスマートフォンを懐に戻した。

　ちょうどそのとき、腹が鳴った。鬼丸はグローブボックスから非常食のラスクを取り出し、頬張りはじめた。三枚ほど齧ったとき、押坂千草から電話があった。

「鬼丸さん、奇跡が起こったの」

「え？」

「いま、八王子の病院にいるんですけど、兄がわたしの手をほんの少しだけど、はっきりと握り返したんですよ」

「ほんとかい⁉」

「ええ。わたし、びっくりして、兄の名を大声で呼んだの」

「そしたら？」

「特に反応はありませんでした。でも、兄がわたしの手を握り返したのは気のせいなんかじゃないわ。わたし、そのことを担当医に教えたんです。ドクターはすぐ兄の病室に駆け込んで、チェックしてくれたの。だけど、そのときは……」

「なんの反応もなかったんだね？」

「そうなんです。担当医は兄がわたしの手を握り返したと感じたのは錯覚だったんじゃないかと言ってましたが、間違いなく反応が伝わってきたんです」

「おれは、きみの話を信じるよ。医学的な説明はできないが、きみのお兄さんは何もかもが植物状態になってしまったわけじゃないんだろう。脳の一部は、ほんの少しだけ働いてるんだと思うね。それだから、きみの手を握り返したんじゃないのかな」

　鬼丸は言った。

「わたしも、そう思いました。だけど、ドクターは医学的にはそういうことはあり得ないと言い切ったの」

「すべてのことが科学で説明つくわけじゃない。おれは、きみの言葉を信じる」

「ありがとう、鬼丸さん」

「そのうち、また何かが起こるかもしれない」

「ええ、そうね。そう思っていないと、辛くなる一方だから……」

千草の語尾がくぐもった。鬼丸は罪の意識にさいなまれ、思わず話題を変えた。

「女性専用の人材派遣会社の経営は、うまくいってるのかな？」

「ようやく黒字を出せるようになったんですけど、わたしの給料は社員よりも安いんです。だから、外資系企業で働いてたときの貯金を取り崩して、車の維持費なんかを賄ってるの。スーツは二年ぐらい新調してないんじゃないかしら？」

「経営者も大変だな」

「ええ、楽じゃないですね。でも、わたし、頑張るわ。もう婚期を逸しちゃったから、起業家として生き抜かなきゃ」

「まだ三十四だろ？」

「あと数カ月で、三十五歳になるの」

「それでも、まだ若いじゃないか。だいたい婚期なんてものはないんだ。独身なら、ずっと婚期だよ」

「それじゃ、わたし、鬼丸さんが彼女と別れたら、逆プロポーズしちゃおうかな」

「えっ⁉」

「いまのは冗談よ。わたし、くだらないことを言っちゃいましたね。ほんとに冗談だったんだから、聞き流してください。お願いします」

千草がよそよそしく言い、慌てた様子で通話を終わらせた。

鬼丸は気分が重くなった。千草は冗談めかして本心を思わず吐露してしまったのだろう。自分もまた、千草に対する未練を完全には断ち切れていない。

だが、千草の兄に対する罪悪感が心の底にわだかまっているうちは、二人の関係が進展することはないだろう。千草の想いを受け入れるわけにはいかない。

人の心は移ろいやすいものだ。いつか千草の恋の残り火も消えるのではないか。その日まで決して彼女の心を惑わせてはならない。

鬼丸は自分にそう言い聞かせ、煙草に火を点けた。

一服し終えたとき、ＮＫビルから五十年配の男が現われた。ぎょろ目で、唇が厚い。高岡だろう。

鬼丸は上着の左ポケットから沼辺のスマートフォンを取り出し、高岡のテレフォンナンバーを呼び出した。アイコンをタップし、ＮＫビルから出てきた男に目を向ける。

「高岡だ」

「おれだよ」

「その声は、沼辺のスマホを使った男だな？」

「ああ、そうだ。おれは、あんたの近くにいる」

「なんだって⁉」

高岡が周(まわ)りを見渡した。

鬼丸は上体を助手席に伏せた。高岡は電話を切ると、急ぎ足で歩きだした。

鬼丸は静かに車を降り、高岡を尾行しはじめた。高岡は表通りに出ると、ＴＢＳとは逆方向に進んだ。薬研坂(やげんざか)を左に曲がり、シティホテルに入っていった。

鬼丸は少し間(ま)を置いてから、ホテルのロビーに足を踏み入れた。ちょうど高岡がロビー横にあるティー＆レストランに入ったところだった。

オープンスタイルの店だった。高岡は隅のテーブルに歩み寄った。そこには、二十六、七歳の妖艶(ようえん)な女がいた。愛人だろうか。

高岡が色っぽい女と向かい合い、コーヒーをオーダーした。

鬼丸は、まだ高岡に顔を知られていない。高岡たちのいるテーブルの隣の席に着いた。高岡とは背を合わせる形だった。コーラを注文し、聞き耳をたてる。

「シャネルのバッグは、たくさん持ってるじゃないか」

「最新型のバッグが欲しいのよ。だから、パパのカードを使わせて」

「金のかかる女だな」

「パパ、舞衣(まい)のことがうざったくなった？」

「そんなことは言ってないだろうが。舞衣は、おれの大事な女だよ」

「ほんとにそう思ってくれてるの？」

「わかりきったことを訊くんじゃないよ」

舞衣が疑わしげに言った。

「パパは口では調子のいいことを言ってるけど、わたしに飽きはじめてるんでしょ？」

「どうしてそんなことを言うんだ？」

「わたしのことを大切に想ってくれてるんだったら、秘密のパーティーに参加させたりしないんじゃない？」

「おれは若い舞衣を独り占めにするのは気の毒だと思うから、時々、別のパートナーと遊ばせてやってるんじゃないか。一種の思い遣りなんだ」

「わたしがパパ以外の男性に抱かれても、ジェラシーは感じないの？」

「おい、声が高いよ」

高岡が舞衣を窘めた。

ちょうどそのとき、ボーイが高岡のコーヒーを運んできた。会話が途切れた。

鬼丸は煙草をくわえた。ボーイが遠のくと、舞衣が小声で言った。

「悪いけど、パパの言葉はすんなりとは信じられないわ」

「なんでだ？」

「だって、パパはスワップのとき、自分もいろんな女性とベッドインしてる」

「ストレートな言い方をするな」

　また高岡が叱った。

「うん、気をつける。それはそうと、パパもいろんな女性と娯しみたいんでしょ？」

「渋々、つき合ってるのさ。参加資格はカップルと限定されてるんだから、おれだけ不参加ってわけにはいかないだろうが」

「もっともらしいこと言ってるけど、パパもハプニング・パーティーで乱交を娯しんでるはずだわ」

「とんでもない。苦痛だよ。会員の女は三十代が最も多く、次いで四十代、五十代なんだ。舞衣みたいな若い娘を抱くわけじゃないから、実際、辛い。しかし、舞衣にさまざまな快楽を味わわせてやりたいんで、こちらはぐっと嫉妬心を抑えてるんだ」

「それだったら、例のパーティーにはもう出るのはやめましょうよ。最初のうちはわたしもちょっと刺激的に思えたけど、いまはたいしてエキサイティングじゃないもの。男性会員とは、ひと通りナニしちゃったしね」

「主催者のこっちが降りるわけにはいかないよ」

「だったら、今夜のハプニング・パーティーには奥さんを連れてったら？」

「五十の女房を同伴したって、どの男も喜ばんさ」

「案外、モテモテかもよ。会員の男たちは、どいつもちょっとアブノーマルだから」

「冗談は、そのくらいにしてくれ。カードは自由に使っていいから、必ず今夜のパーティーには参加してくれ。いいな？」

「ま、仕方ないか。ショッピングをしてから、待ち合わせのレストランに行くわよ」

「ああ、そうしてくれ。それじゃ、カードを渡しておこう」

「パパって、いい男性（ひと）！」

舞衣が上機嫌に言った。高岡がクロコダイルの札入れからカードを取り出す気配が伝わってきた。

鬼丸は煙草の火を揉（も）み消し、運ばれてきたコーラで喉（のど）を潤（うるお）した。

それから間もなく、舞衣が先に腰を浮かせた。銀座（ぎんざ）でシャネルのバッグを買うつもりらしい。

高岡もコーヒーを飲み干すと、ホテルのティー&レストランを出た。まっすぐ自分の事務所に戻るのだろう。鬼丸は少し時間を遣（や）り過ごしてから、席を立つことにした。ロングピースをくわえ、ライターを点ける。

3

黄色いタクシーが洋館の前で停まった。

目黒区青葉台二丁目の一角である。後部座席から、高岡と舞衣が降りた。午後八時過ぎだった。

鬼丸はヘッドライトを消した。

高岡と舞衣は銀座の高級レストランで食事をした後、タクシーに乗り込んだのだ。二人は腕を組み、洋館の中に入っていった。

洋館の中ではハプニング・パーティーで乱交の宴が催されることになっているのだろう。

鬼丸はレンジローバーを降り、洋館の前をさりげなく素通りした。広い車寄せには、ベンツ、ジャガー、ＢＭＷ、ポルシェ、マセラティ、マクラーレン、アルファロメオなどが見えた。いかがわしいパーティーの参加者たちの車だろう。

鬼丸は踵を返し、ゆっくりと引き返しはじめた。洋館の門柱の近くに防犯カメラが設置されていた。神林という表札が見える。見張り番の姿は目に留まらない。

鬼丸は自分の車の中に戻ると、堤に電話をかけた。

待つほどもなく堤が電話に出た。鬼丸は経過を話し、堤に問いかけた。

「覚醒剤か大麻をどこかで手に入れてくれませんか」

「鬼丸ちゃん、何を考えてるんだ？」

「ハプニング・パーティーの会場の手入れは難しいって話だったから、ちょいと細工をしようと思ってるんですよ」

「こっちで用意した麻薬を洋館内で見つけたってことにして、高岡に迫ろうってんだな？」

「そういうことです」

「わかった。何かドラッグを調達して、青葉台に急行すらあ」

「よろしく！」

「鬼丸ちゃん、デス・マッチ屋も呼んだほうがいいんじゃねえか。洋館の中に荒っぽい連中がいるかもしれないからな。家宅捜索（ガサイレ）を装（よそお）っても、令状があるわけじゃない。となりゃ、荒くれ者たちは騒ぎ出すだろう」

「そうでしょうね。用心のため、仁も呼び寄せるか」

「そのほうがいいよ。それじゃ、後で！」

　堤が電話を切った。

　鬼丸は通話を切り上げ、今度は蛭田に電話をかけた。これまでの流れを大雑把（おおざっぱ）に語り、洋館のある場所を細かく教える。

　電話を切った直後、『シャングリラ』の奈穂から電話がかかってきた。

「オーナーから聞いたんだけど、先生、体調がよくないんですって？」

「うん、ちょっとな」

「熱があるんですか？」

「いや、腹をこわしただけだよ」

「そうなの。オーナーは詳しいことを教えてくれなかったんで、わたし、心配しちゃいました」

「気にかけてくれて、ありがとう。多分、明日は店に出られると思うよ」

「そうですか。お店に先生がいないと、なんか調子が狂っちゃうんです。指名してくれたお客さんとの会話も頭に入ってこないし、お酒もおいしくありません」

「ずっとナンバーワンを張ってきた売れっ子ホステスがそんなふうじゃ、御木本先輩も不安になるだろうな」

「先生のせいですよ」

「え？」

「わたしがこんなふうになっちゃったのは、先生に恋してるからなんです」

「きみを口説(くど)いた憶(おぼ)えはないがな」

「ええ、そうですね。だから、余計に先生に惹(ひ)かれちゃうんですよ。自慢するわけじゃないけど、これでも男性には好(す)かれるタイプだと思うの」

「実際、その通りだろうな」

「わたしね、男性に愛されるよりも自分が愛したいほうなんですよ」

奈穂が言った。

「そうなのか」

「先生は迷惑でしょうけど、わたし、もう走りだしちゃったんです。先生が好きだって気持ち、もう抑(おさ)えられません」

「おれは冴(さ)えない四十男だよ。もっと若くて魅力のある男がたくさんいるじゃないか」

「わたし、先生じゃなきゃ駄目なんです」

「………」

「大好きな男性(ひと)を苦しめちゃいけないのよね。先生にはオーストラリア人の彼女がいるんですもんね。だけど、やっぱり先生のことを諦(あきら)められないんです」

「困ったな」

「先生、マーガレットさんには内緒で一度、デートしてください。わたし、多くを求めているわけではありません。一緒に食事をして、散歩するだけでいいんです。ほんと言うと、先生の腕の中で朝を迎えたいと思ってますけど、そこまでは望みません。プラトニックラブでもいいの。それでも、デートしてもらえない？」

「考えてみるよ」

鬼丸は奈穂の一途(いちず)さに押し切られ、つい口走ってしまった。すぐに後悔した。こういう優柔不断(ゆうじゅうふだん)さが、かえって相手を傷つけることになる。

「嬉しい！　その気になったら、いつでも誘ってください。わたし、絶対に先生の都合に合わせますので」

「すぐには時間を取れそうもないな」

「いつでもいいの。わたし、ずっと待っています。それはそうと、麻のシャツ、気に入ってもらえました？」

　奈穂がおずおずと訊いた。鬼丸は即座に気に入っていると答えた。

　実際には、店の更衣室のロッカーに入れっ放しだった。奈穂の切ない気持ちを考えると、とても事実を明かすことはできなかった。

「わたしって、悪い女ですよね。彼女のいる先生にデートしてなんて言ってるんですから」

「おれは結婚してるわけじゃない。知り合いの女性と飯を喰うだけなら、特に問題はないだろう」

「そう言ってもらえると、少し気持ちが軽くなります。先生、早く元気になってくださいね」

　奈穂が電話を切った。

　鬼丸はスマートフォンを懐に戻すと、シートに深く凭れかかった。脈絡もなく脳裏に千草、マーガレット、奈穂の顔が浮かんだ。

堤がタクシーで駆けつけたのは八時四十分ごろだった。

鬼丸は助手席のドア・ロックを解除した。堤が乗り込んできた。

「組対(そたい)五課から押収品の覚醒剤(シャブ)をこっそり借りてきたよ」

「パケを？」

「ああ、二十パケほどな。上着のポケットに入ってる。パケを洋館の中で発見したってことにして、高岡の身柄(ガラ)を確保しようや」

「おれと仁も刑事に化けるわけですね？」

「そのほうがいいだろう。乱交してる男女は、一室に閉じ込めるよ。その間に、鬼丸ちゃんは高岡を締め上げろや」

「ええ、そうします」

鬼丸は口を結んだ。

堤がハイライトをくわえた。半分も喫(す)わないうちに、蛭田が愛車の黒いマスタングでやってきた。鬼丸はレンジローバーを降り、フォードマスタングに近づいた。巨漢のデス・マッチ屋は運転席から出るのに、ひと苦労していた。

「もっとでっかい車に乗り替えろよ」

「おれ、マスタングが好きなんですよ。おれの体格(ガタイ)だと、クライスラーあたりが楽なんですけどね」

「ま、好きにしろ」

鬼丸は苦笑し、蛭田に段取りを話した。堤がレンジローバーを降り、蛭田と短く言葉を交わした。

三人は洋館に向かった。

門扉は開け放たれている。鬼丸たちは勝手に邸内に入り、ポーチに歩を進めた。堤がドアフォンを長く鳴らした。

ややあって、六十年配のお手伝いらしき女性が現われた。白髪で、やや猫背だった。

「警察だ」

「えっ」

「この洋館でドラッグ絡みの乱交パーティーが開かれてるという密告電話があったんだ。家宅捜索令状は、後で同僚の刑事が持ってくる」

堤が警察手帳を短く呈示し、玄関ホールに上がった。お手伝いと思われる女性が両腕を拡げた。

「ちょっと待ってください。この家の持ち主は別の場所に住んでいるんです。旦那さまはお知り合いの方たちに親睦パーティー会場を提供しただけで、麻薬なんか……」

「あなたは、この家の留守番の方かな？」

「ええ、そうです。いま、旦那さまに電話をしますので、少しだけお待ちになってください」

「家の持ち主には後で連絡する」

堤が相手に言い、鬼丸と蛭田を目顔で促した。

鬼丸は蛭田に目配せし、先に靴を脱いだ。玄関ホールの脇に、四十畳ほどの広さの大広間があった。

ロココ調の応接セットがあり、ワゴンにはブランデーやシャンパンの壜が林立していた。テーブルの上には、オードブルやグラスが載っている。だが、誰もいない。

「それぞれがベッドパートナーを選んで、部屋に引き籠ったんだろう。仁、行くぞ」

鬼丸は大広間を出て、階下の四室を覗いた。

しかし、無人だった。鬼丸たち二人は、二階に駆け上がった。

中廊下を挟んで、左側に三つのドアが並んでいる。右手には、四室あった。

各室から女の喘ぎ声や男の荒い息遣いが洩れてくる。鬼丸は踊り場に最も近い部屋のドアの前に進んだ。

ノブはなんの抵抗もなく回った。鬼丸はドアを開けた。全裸の男女がベッドの上で、オーラルセックスに耽っていた。電灯は煌々と灯っている。男は四十七、八歳に見える。女は三十代の半ばだろうか。二人は行為に熱中していて、鬼丸に気づかない。

「お娯しみはそこまでだ」

鬼丸は声を発した。ようやくベッドの二人が侵入者に気づき、弾かれたように半身を起こした。

「警察だ。二人とも服を着ろ」

蛭田が室内に入り、大声を張り上げた。

鬼丸は隣室のドアを開けた。五十一、二歳の太った女が四十歳前後の細身の男の腰に跨がって、大きな尻を切なげに旋回させていた。

「手入れだ」

鬼丸は女に言った。太った女は一瞬、呆けた表情になった。

男が焦って、セックスパートナーを払い落とす。女が悲鳴をあげながら、ベッドから転げ落ちた。性器は丸見えだった。

「服を着て待ってろ」

鬼丸は男に言って、次の部屋に移動した。

ドアはロックされていた。鬼丸は手製の万能鍵を使って、内錠を外した。部屋の中には、舞衣がいた。舞衣は初老の男に組み敷かれ、律動を加えられていた。ベッドに近寄ると、男が振り向いた。

「な、何なんだっ」

「警察だよ」

鬼丸は初老の男を突き飛ばした。男が舞衣の横に前のめりに倒れる。

「どういうことなのよ」

舞衣が跳ね起き、気丈に言った。

「あんたたちは乱交する前に、ドラッグ・パーティーをやってた。この家で、覚醒剤のパケが幾つも見つかったんだ」

「嘘でしょ⁉」

「きみは高岡誠司の愛人だな?」

「そうだけど」

「高岡は、どの部屋にいる? きみのパトロンが麻薬を所持してた疑いがあるんだ」

「何かの間違いでしょ? パパはドラッグには興味ないはずよ」

「とにかく、高岡のいる部屋に案内してくれ」

鬼丸は舞衣の腕を掴んで、ベッドから引きずり下ろした。蜜蜂のような体型だった。ウエストのくびれが驚くほど深い。

乳房はたわわに実り、股間の繁みは濃かった。鬼丸は全裸の舞衣を廊下に連れ出した。

ちょうど堤が斜め前の部屋のドア・ノブに手を掛けたところだった。

「その娘が高岡の愛人か?」

「ええ。パトロンのいる部屋に案内してもらうとこなんです」

「ほかの客たちはおれたちが押さえらあ」

「頼みます」

鬼丸は堤に言って、舞衣の背を押した。

舞衣が足を止めたのは、右側の端の部屋だった。ドアの内錠は掛かっていなかった。鬼丸は舞衣にドアを開けさせた。

高岡はベッドに仰向けになって、四十六、七歳の女の舌技を受けていた。鬼丸は空咳をした。狸顔の女が肩をぴくりとさせ、大きく振り返った。

「手入れだ。あんたは自分の服とランジェリーを持って、廊下に出てくれ」

「は、はい。なんの手入れなんです？」

「覚醒剤を押収したんだ」

「ほんとですか⁉」

「ああ。急いでくれないか」

鬼丸は女に言った。女がベッドを降り、自分の衣服とランジェリーを抱えて部屋から出ていった。

「舞衣、おまえ、覚醒剤をやってたのかっ」

高岡がぎょろ目を剝いた。

「変なこと言わないでよ。わたし、麻薬になんか手を出してないわ。この刑事さんは、パパが覚醒剤を持ってた疑いがあると……」

「何を言ってるんだ!?」

「とにかく、わけがわからないの。パパ、なんとかしてよ」

舞衣が言った。高岡が萎えたペニスを毛布で覆い隠し、鬼丸に顔を向けてきた。

「あれっ、声に覚えがあるぞ。沼辺のスマホを使って、おれに電話をしてきた奴だな。そうなんだろ?」

「そうだ」

「おたく、刑事なんかじゃないなっ」

「まあな」

鬼丸はにっと笑って、高岡の横っ面を殴りつけた。パンチは頬骨のあたりに当たった。

高岡がフラットシーツに片肘をつき、辛うじて体を支えた。

「な、何しやがるんだっ」

「おれの質問におとなしく答えないと、この女の腕をへし折るぞ」

鬼丸は舞衣の利き腕を大きく捩上げた。舞衣が痛みを訴え、体を傾けた。

「おれが何をしたって言うんだっ」

「電話でも言ったことだが、あんたは川岸、曽我、沼辺の三人に資金を提供して、東都テレビの株をトータルで七百五十万株買い集めさせたな?」

「おれは、そんなことさせてねえ」

「そっちが粘る気なら、こっちも汚い手を使うことになるぞ」

鬼丸は舞衣の腕を捩上げたまま、片手で彼女の乳房を揉みはじめた。

舞衣が裸身を捩らせ、鬼丸の手を外そうとした。鬼丸は指の間に乳首を挟みつけ、隆起全体をまさぐった。少し経つと、舞衣がおとなしくなった。官能に火が点いたのだろう。

「おい、よせ！　おかしなことはするなっ」

高岡が怒鳴った。

鬼丸は愛撫の手を休めなかった。

「ね、やめて。やめてちょうだい」

舞衣はそう言いながらも、明らかに息を弾ませはじめた。時々、甘やかな呻きも洩らした。

鬼丸は頃合を計って、舞衣の股間に手を移した。その瞬間、舞衣が内腿をすぼめた。鬼丸は指先を抉入れ、感じやすい部分を指の腹で刺激しはじめた。

舞衣の反応は早かった。突起はたちまち痼った。芯の塊は真珠のような形状になっていた。

「舞衣、気を逸らせ。その男の指でイッたら、おまえはお払い箱だからな」

高岡が言った。

「パパ、無理言わないでよ。わたし、動けないいんだから。それに、一番感じるとこをいじられてるのよ」

「そんなことはわかってる。だから、気を逸らせと言ってるんだっ。これまでで最も悲しかったことを思い出せ。そうすりゃ、快感がたちまち薄らぐだろう」

「でも、こんなふうに上手に愛撫されたら、体が拒めなくなっちゃうわ」

舞衣が淫蕩な声を発しはじめた。高岡が顔を背けた。顰めっ面だった。

「この娘が昇りつめたら、あんたは男として屈辱感を味わうだろう。その前に白状するんだな」

鬼丸は言った。

高岡は返事をしなかった。鬼丸はフィンガーテクニックを駆使しはじめた。舞衣を頂点の一歩手前まで押し上げ、いったん愛撫を中断する。

同じことを四、五回繰り返すと、焦れた舞衣が自ら腰を使いはじめた。高岡には充分、ショックなはずだ。それでも、高岡は押し黙ったままだった。

「お願い、クライマックスまで……」

舞衣がせがんだ。

鬼丸は一気に舞衣を極みに駆け上がらせた。舞衣はジャズのスキャットのような声を洩らしながら、裸身をリズミカルに硬直させた。鬼丸は舞衣の体から手を放した。舞衣が床に坐り込み、長く息を吐いた。鬼丸は毛布カバーで指先を拭った。

そのとき、蛭田が部屋に入ってきた。蛭田の巨体を見て、高岡と舞衣が息を呑んだ。

「まだ口を割らないんだ。ちょっと高岡に格闘技を教えてやってくれ」

鬼丸は蛭田に言って、ベッドから離れた。蛭田が高岡の頭髪を引っ掴み、ベッドから引きずり落とした。高岡が呻いた。

蛭田は高岡をサンドバッグにし、ひとしきりパンチとキックを見舞った。グレーシー柔術やコマンドサンボの技を披露し、バックドロップも掛けた。仕上げは、腕ひしぎ十字固めだった。

「もう勘弁してくれーっ」

高岡が掌で床を叩きはじめた。

鬼丸は高岡に近づいた。

「やっと喋る気になったか。あんたが東都テレビの株を買い漁ったんだなっ」

「そうじゃない。おれもダミーなんだよ」

「どういうことなんだ？」

「おれはある男に頼まれて、パイプ役を務めただけだよ」

「ある男って、誰なんだっ」

「裏金融界の帝王の異名を取る男だよ」

「栃尾澄人っていうんだ。まだ四十七歳だが、彼は関東仁友会の理事なんだよ。会の金庫番と呼ばれてて、集金能力は抜群なんだ」

「その栃尾って奴が東都テレビの株を買い集めてるんだな？」

「そうだよ。おれは株の購入資金を預かって、川岸、曽我、沼辺の三人に東都テレビの株を買うよう指示してただけだ。もちろん、栃尾理事に言われた通りにな」

「栃尾は関東仁友会の企業舎弟の裏金融会社の経営を任せられてるわけか」

「ああ、そうだ。銀座六丁目に『友和トレーディング』というオフィスを構えてる」

「おれを栃尾に引き合わせてくれ」

「そんなことはできない。まだ殺されたくないからな」

高岡が言った。

「何がなんでも協力してもらう」

「断る！」

「すぐに断れなくなるだろう」

「お、おれをどうする気なんだ!?」

「すぐわかるさ」

鬼丸はそう言い、蛭田に目で合図した。

蛭田が腕ひしぎ十字固めを解いた。鬼丸は舞衣を抱き起こし、ベッドに大の字に寝かせた。

「彼女のデリケートゾーンを犬のように舐めまくれ。股の間にうずくまってな」

鬼丸は高岡に命じた。

「他人のいるとこで、クンニなんかできないっ」

「なら、おれの相棒にあんたの首の骨を折らせる。愛人もレイプして、絞殺することになるな」

「本気なのか!?」

「もちろん、本気だよ。どうする？」

「きさまらはクレージーだ」

高岡がベッドに上がった。何か毒づいて、舞衣の股の間に腹這いになった。

「パパ、怒ってる？　わたし、パパを裏切る気なんかなかったのよ」

舞衣が言った。

「おまえとは、もう終わりだ。金がありゃ、スペアは簡単に手に入るからな」

「パパ、わたしを棄てないで」

「うるさい！　黙れっ」

高岡は舞衣の両脚を荒々しく掬い上げると、赤く輝く亀裂を乱暴に下から舐め上げはじめた。

鬼丸は上着のポケットからデジタルカメラを取り出し、淫(みだ)らな動画を撮(と)った。

「おい、やめろ」

「ちょっとした保険を掛けただけさ。恥ずかしい動画をインターネットで流されたくなかったら、栃尾と会えるようにお膳立(ぜんだ)てしろ」

「そ、そんな！」

「おれのことは、東都テレビの株を三百万株持ってる男だと言っておけ。三百万株そっくり売りたがってると言えば、栃尾はおれと会いたがるだろう。いいな？」

「わかったよ」

高岡がぼやいた。

鬼丸はデジタルカメラをポケットに戻した。そのすぐ後、堤が部屋に入ってきた。

「五組のカップルは大広間(サロン)に閉じ込めといたぜ。こっちの首尾(しゅび)は？」

「もう口を割らせました」

「それじゃ、引き揚げようや」

「そうしますか」

鬼丸は蛭田を振り返った。蛭田が黙ってうなずく。

三人はドアに向かった。

4

竹の澄んだ音が耳に心地よい。

『信玄庵』の内庭には、蹲があった。赤坂にある割烹料理店の奥座敷だ。

鬼丸は上座に着いていた。赤漆塗りの座卓の向こうには、高岡誠司が坐っている。高岡を痛めつけた翌々日の夜だ。

二人は栃尾澄人を待っていた。約束の時間は八時だった。すでに三分ほど過ぎていた。

「栃尾は、ここに来るんだろうな」

鬼丸は高岡に小声で言った。

「必ず来るさ。東都テレビの株を三百万株そっくり売りたがってる人間がいると言ったら、彼はすぐに紹介してくれと関心を示したからな」

「そうか。念のため、もう一度言っとく。おれは中村太郎という名で、親の遺産で喰ってる。そういうことだからな」

「わかってるよ」

「愛人の舞衣はどうしてる？」

「住まわせてた高輪のマンションから、きのう、追い出してやった。あの女は、もうお払い箱だ。おれに屈辱的な思いをさせたんだから、当然だろうが」

高岡は憮然(ぶぜん)たる顔つきだった。

「スワッピング・パーティーは、もうやめるんだな」

「つづけたくても、もうできんよ。一昨日(おととい)のことで、会員たちがすっかりビビってしまったからな」

「宗教家夫妻がスワッピング・パーティーに参加してたというんで、ちょっと驚いたよ」

「会員の中には、裁判官もいるんだ。社会的地位の高い職業に就(つ)いてる連中は、何かとストレスが溜まりやすいからな。だから、たまに自分をとことん解放してやりたくなるんだろう」

「乗っ取り屋もストレスが溜まるのかい？」

「おれは性の冒険者さ。性の快楽は人間に与えられた特権なんだ。大いに愉しむべきじゃないのか」

「まあ、そうだな」

鬼丸は煙草をくわえた。ふた口ほど喫(す)ったとき、襖(ふすま)の向こうで仲居が連れが到着したことを告げた。

鬼丸は煙草の火を揉み消し、居(い)ずまいを正した。高岡も坐り直した。正座だった。

「遅れてしまって申し訳ありません」

栃尾が詫びながら、奥座敷に入ってきた。

一見、堅気風だ。スーツは濃い灰色で、白いワイシャツを身に着けている。ネクタイも地味だった。

「こちらが中村太郎さんですよ」

高岡が鬼丸を見ながら、栃尾に言った。

鬼丸は立ち上がって、スピード印刷してもらった偽名刺を差し出した。住所も電話番号も、でたらめだった。

栃尾が名乗って、名刺を差し出した。鬼丸はそれを受け取り、にこやかに言った。

「どうぞ栃尾さんが上座に着いてください」

「とんでもない。中村さんはお客さんなんです。どうぞあなたが上座に」

栃尾がそう言いながら、高岡のかたわらに坐った。やむなく鬼丸は上座に腰を戻した。

「お酒とお料理、お運びしてもよろしいでしょうか？」

中年の仲居が栃尾に声をかけた。栃尾が大きくうなずいた。仲居が下がる。

「高岡さんの話によりますと、中村さんはご遺産でリッチな生活を送られているとか？」

栃尾が言った。

「それほどリッチな暮らしをしてるわけじゃありませんが、特に働く必要がないことは確かです」

「羨ましいなあ。それで退屈しのぎに、株取引をなさってるわけですか？」

「ええ、まあ」

「いいご身分だな。わたしは金融会社をやってるんですが、焦げ付きが増えて、いつも火の車ですよ」

「そんなことはないでしょう。高岡さんから、すでに東都テレビの株を七百五十万株も手に入れてるとうかがいました」

「高岡さん、そんなことまで中村さんに話してしまったのか」

「わたし、そんなことは……」

高岡が狼狽し、鬼丸と栃尾の顔を交互に見た。すぐに鬼丸は高岡に鋭い視線を向けた。

「あなた、確かにそう言いましたよ」

「そうでしたっけ」

高岡が下を向いた。

そのとき、ビールと先附が運ばれてきた。旬の野菜と川海老に、鯛そうめんが添えられていた。三人はビールで乾杯した。

「この店は、新懐石を売りものにしてるんですよ」

栃尾が言った。

「新懐石ですか？」

「ええ、そうです。わかりやすく言いますと、創作懐石ということになるでしょうね。そもそも茶事(ちゃじ)で供される簡素な料理が懐石で、茶懐石とも言われています」

「ええ、そうですね」

鬼丸は相槌(あいづち)を打った。

「中村さん、どうして懐石という名が付いたのだと思われます？」

「不勉強で、そこまでは知りません」

「それでは、お教えしましょう。昔、修行中の若い禅僧たちがひもじさと寒さに耐えるため、懐に熱した石を布にくるんで入れてたらしいんですよ」

「なるほど、それで懐石なのか」

「そうなんですよ。空腹の一時しのぎに、旬の食材を使ったシンプルな調理法が生まれたんだそうです」

「栃尾さんは博学なんだな」

「いえ、いえ。何年か前に、京都の芸者さんに教えられたんですよ。それはともかく、本格的な懐石料理は盛り付けがきれいですが、量が足りません。そこで、もう少し満腹感を味わえる新懐石が誕生したわけです」

「そうなんですか。とても勉強になりました」

「何をおっしゃいます」

か。栃尾がそう言い、世間話をはじめた。なかなか本題に入ろうとしないのは、なぜなのか。足許を見られたくないのだろうか。

栃尾は次々に話題を変えた。

その間に、向附が届けられた。甘鯛の昆布締め、本鮪の角切り、伊勢海老と鮃のお造りが形よく盛り付けられている。吸物には鱧が使われていた。炊合は生湯葉、壬生菜、海老蒲鉾、刻み柚子が色どりよくあしらわれていた。

焼物は太刀魚の幽庵焼きで、揚物は車海老、鱚、蓮根、椎茸、獅子唐だった。最後に出された鯖の手毬寿司は食べやすかった。

コース料理を平らげると、栃尾が商談を持ちかけてきた。

「中村さん、東都テレビのきょうの終値に三割のプレミアムを乗っけましょう。東都テレビの三百万株をそっくり譲っていただけませんか」

「三割増しか」

「ご不満でしょうか？」

「ええ、少しばかりね。それよりも栃尾さんは、なぜ東都テレビの株を欲しがるんです？」

「わたし、マスコミに仕返しをしたいんですよ」

「仕返しですか？」

「ええ、そうです。わたしね、テレビ局、新聞社、出版社の入社試験を三十社以上も受けたんですよ。しかし、大学が二流の私大だったせいか、どこも不採用でした。そんなことがありましたので、どこかマスコミの経営権をどうしても手に入れたくなったんですよ。子供っぽい発想だと笑われるかもしれませんが、本気も本気なんです」

「そういう理由があったんですか」

「はい。それで、いかがでしょう?」

「汚い駆け引きをするようですが、もう少し色をつけていただけないだろうか」

鬼丸は言った。

「三割のプレミアムが限度ですね。その代わり、代金は一括で払いましょう。中村さん、それで手を打ってくれませんか」

「少し時間をいただきたいな」

「いや、それは困る。即答してくれ」

栃尾が急にぞんざいに言い、ビジネスバッグからサイレンサー付きの自動拳銃を取り出した。オーストリア製のグロック26だった。

「栃尾さん！　どういうつもりなんですっ」

高岡が諫めた。

「あんたは黙っててくれ」

けた。

「口を挟むんじゃねえ」

栃尾が声を尖らせた。高岡は竦み上がり、うつむいてしまった。栃尾が鬼丸に銃口を向けた。

「しかし……」

「東都テレビの株は、本当に持ってるんだろうな」

「ああ」

「どこに保管してあるんだ？」

「あるメガバンクの貸金庫に預けてある。一万株券を三百枚まとめてね」

「それじゃ、三百万株をきょうの終値で買い取ってやろう」

「さっきと話が違うじゃないか」

「気が変わったのさ」

「堅気に見せかけてるが、骨の髄までヤー公なんだな。あんたが関東仁友会の理事だってことは知ってる。そうなんだろ？」

鬼丸は確かめた。

「ああ、その通りだよ。持ち株をプレミアムなしで譲渡するって誓約書を認めてくれ」

「断ったら？」

「やくざをなめるんじゃねえ！　いい根性してるじゃないか」

栃尾が引き金に指を深く巻きつけ、遊びをぎりぎりまで絞った。

単なる威しであることはわかっていたが、鬼丸はわざと怯えて見せた。栃尾が残忍そうに笑い、ビジネス鞄から事務用箋と朱肉を取り出した。

「万年筆かボールペンは持ってるか？」

「どっちも持ってないな」

鬼丸は首を横に振った。

栃尾が上着の内ポケットからボールペンを抓み出し、卓上に置いた。

鬼丸は命じられるままに誓約書を認め、拇印を捺した。赤くなった親指をおしぼりで拭う。栃尾は誓約書に目を通すと、事務用箋の間に挟んだ。事務用箋と朱肉をビジネスバッグに入れ、ボールペンを懐に戻した。

それから栃尾は名刺入れから鬼丸が渡した偽名刺を抜き取り、高岡に渡した。

「なんなんです？」

「中村さんの名刺には、スマホのナンバーも印刷されてるよな？」

「そうだね」

「あんた、電話をかけてみてくれ」

「わかったよ」

高岡が自分のスマートフォンを取り出し、アイコンに触れた。電話が繋がった。高岡が相手に謝り、通話を切り上げた。

「どうだった？」

「電話に出た男は土屋と名乗りましたよ」

「やっぱり、偽名だったか」

栃尾がほくそ笑んだ。鬼丸は慌てて言った。

「さっき渡した名刺は、かなり前に作ったんだ。いまは新しいスマホを使ってる。だから、別人が電話に出たんだよ。中村太郎は、もちろん本名さ」

「運転免許証を出せ」

「きょうは持ってない」

「ふざけるなっ」

「嘘じゃないよ。別のジャケットに入ってる。ここには地下鉄で来たんだ」

「本名は？」

「偽名なんか使ってないって」

「ま、いいさ。偽名でも本名でも、株は売ってもらうわけだからな。新しいスマホの番号は？」

栃尾が問いかけてきた。鬼丸は正直に答えた。栃尾が高岡を見ながら、顎をしゃくった。

高岡がアイコンをタップする。鬼丸の懐でスマートフォンが鳴った。

「もう切ってもいい。いまのナンバーを住所録に入れといてくれ」

栃尾が高岡に命じた。高岡は言われた通りにした。

不意に栃尾が消音器の先端を高岡のこめかみに押し当てた。

「栃尾さん、何をするんだ⁉」

「あんた、自称中村太郎とは何年も前からつき合ってると言ってたが、そいつは嘘だよな」

「嘘じゃない。おれたちは、六本木の違法カジノで三年ぐらい前に知り合ったんだ。そうだよな、中村さん？」

高岡が鬼丸に同意を求めてきた。

「ああ、高岡さんの言った通りだ」

鬼丸は即座に言った。

「おれの目には、二人がそれほど親しいようには見えねえな」

「待ってくれ。おれがどうして栃尾さんに嘘をつかなきゃならない？」

高岡が栃尾に喰ってかかった。

「あんたは、どこかおどおどしてる。向かいにいる男に何か弱みを握られて、おれに引き合わせろって脅されたんじゃないのか。え？」

「弱みだって?」

「あんたはだいぶ荒っぽい方法で新興企業や中小企業を乗っ取ってきた。法に触れることもやってきたはずだ。違うかい?」

「それは否定しないが……」

「それとも、女関係のスキャンダルを握られて、おれが東都テレビの株を買い集めてることを喋らされたか。え?」

「栃尾さん、そいつは曲解ってもんだ。おれはたまたま中村さんから東都テレビの株を三百万株持ってるって話を聞いたので、栃尾さんを紹介する気になったんだ」

「その話を信じてもいいのかな」

栃尾が探るような眼差しを高岡に向けた。

「もちろんだよ。おれ、あんたを裏切るようなことはしてない。ダミーのことだって……」

「余計なことは言うなっ」

「あっ、いけねえ」

高岡が口を噤んだ。

栃尾は考える顔つきになった。鬼丸は幾分、緊張した。まさかここで発砲はしないだろうが、店の外で体のどこかを撃たれるかもしれない。

「あんた、先に帰ってくれ。一両日中に連絡するから、持ち株を揃えといてくれよ」

栃尾がそう言い、グロック26をビジネスバッグの中にしまい込んだ。鬼丸は無言で立ち上がり、『信玄庵』を出た。

店から少し離れた路上に、黒いマスタングが見える。運転席には蛭田が坐っていた。鬼丸は、蛭田に栃尾を尾行してもらうことになっていた。

暗がりに身を潜め、蛭田のスマートフォンを鳴らした。

「仁、おれだ。もう少し経ったら、栃尾が店から出てくると思う」

「年恰好を教えてください」

蛭田が言った。鬼丸は、栃尾の特徴を伝えた。

その直後、『信玄庵』の前にブリリアント・シルバーのメルセデス・ベンツが停まった。ほとんど同時に、割烹の玄関から栃尾と高岡が現われた。

栃尾だけがベンツの後部座席に乗り込んだ。

「仁、いまベンツに乗ったのが栃尾澄人だよ。うまく尾行してくれ」

鬼丸は言って、電話を切った。

ベンツが走りはじめた。マスタングが目の前をゆっくりと走り抜けていった。

高岡は、『信玄庵』から遠ざかりはじめていた。近くの有料駐車場に自分の車を預けてあるのだろう。鬼丸は急ぎ足で高岡を追い、大声で呼びとめた。高岡が立ち止まった。向かい合うと、鬼丸は先に口を開いた。

「栃尾は勘が鋭いな」

「さっきは冷や冷やもんだったよ。おれがおたくに教えたことは、あの男には絶対に黙っててくれよな?」

「心配はいらない。あんたも栃尾に余計なことは言うなよ」

「おたくが東都テレビの株なんか一株も持ってないなんて言うわけないだろうが。藪蛇になるからな。おれが裏切ったと知ったら、あいつは逆上するに決まってる」

「そうだろうな」

「おたくは命知らずだな。何を企んでるのか知らんが、下手したら、あいつに殺されることになるぞ」

「そうはさせない。ところで、栃尾はどこかに寄るようなことを言ってなかったか?」

「おれには、自由が丘の自宅にまっすぐ帰ると言ってたよ」

「栃尾に愛人は?」

「そこまでは知らない」

「そうか」

「もういいだろ?」

高岡が言って、足早に歩きだした。

鬼丸は脇道に入り、裏通りに駐めてあるレンジローバーに乗り込んだ。ふとマーガレットに会いたくなったが、神宮前の自宅マンションに車を向けた。

自宅の居間で紫煙をくゆらせていると、蛭田から連絡があった。

「栃尾は、いま自由が丘二丁目にある自宅に入っていきました」

「そうか」

「鬼丸さん、もう一つ報告したいことがあるんだ。栃尾の自宅の近くで、毎朝タイムズの橋爪さんが張り込んでたんですよ」

「なんだって!?」

鬼丸は驚いた。橋爪昇は社会部記者で、十年来の知人だ。鬼丸よりも三つ年上だった。

「橋爪さんが張り込んでるってことは、栃尾は何か危いことをやってるんじゃないっすか？」

「そう考えてもいいだろう。社会部記者が動いてるわけだから、東都テレビの株の買い占めの取材じゃなさそうだな」

「株絡みだったら、経済部記者だけしか動かないでしょ？」

「そうだろうな。栃尾は何かダーティービジネスで株の購入資金を工面してるんじゃないだろうか」

「鬼丸さん、きっとそうですよ。東都テレビの株価がいくらなのか知りませんけど、七百五十万株も買い集めるとなったら、総額で数百億とか数千億円になるんじゃないっすか？」

「正確な数字はわからないが、巨額になることは間違いないな」

「最近、日本の暴力団が極東マフィアと手を組んでロシア海域で密漁された蟹(かに)を闇取引してるってドキュメンタリー番組をテレビで観(み)たな。ロシアのマフィアたちは水産物だけじゃなく、だぶついてる銃器や核物質も他国に売ってるそうですよ。そういった非合法ビジネスをやってるのかもしれないな。おれも、栃尾邸を少し張り込んでみましょうか？」

「橋爪さんに見つかる恐れがあるから、もう仁は引き揚げてくれ。橋爪さんに直(じか)におれが探(さぐ)りを入れてみるよ」

「それじゃ、おれは塒(ねぐら)に帰ります」

蛭田が電話を切った。

鬼丸は長くなった灰を灰皿に落としてから、スマートフォンを耳から離した。

第三章　恐るべき闇取引

1

古いシャンソンが流れていた。

ジョルジュ・ムスタキの歌だった。どこか物悲しい曲だ。魂（たましい）を抉（えぐ）られそうだった。

千代田（ちよだ）区竹橋（たけばし）にある毎朝タイムズ東京本社ビルの地階のコーヒーショップだ。

鬼丸は隅の席で、橋爪記者を待っていた。

午後二時過ぎだった。『信玄庵』で栃尾と会った翌日である。

コーヒーカップが空になったとき、橋爪があたふたと店に駆け込んできた。

「悪い、悪い！　ちょっと急ぎの電話取材があったんだ」

「橋爪さん、忙しいときに申し訳ありません。この近くに用があったもんで、ちょっと寄らせてもらったんですよ」

「そうじゃないだろ？　おれんとこに何か探りを入れに来たんだろうが！」

「探り？」

鬼丸はポーカーフェイスで訊き返した。

橋爪がにやにやしながら、向かい合う位置に腰かけた。ウェイトレスが水を運んできた。橋爪はアイスコーヒーをオーダーした。鬼丸は気を引き締めた。ボロは出せない。

ウェイトレスが遠のくと、橋爪が先に言葉を発した。

「そろそろ白状しろよ」

「なんの話です？」

「おたくは何か副業をやってるはずだ。交渉人を兼ねたトラブルシューターをやってるんだろう？」

「サイドビジネスなんか何もやってませんよ」

「いったい何を警戒してるんだ？　いつかも言ったが、おれはおたくがやってることに干渉する気はないし、ましてや非難する気もない。人にはみな、それぞれ事情ってやつがあるからな」

「おれは、ただのピアノ弾きですよ」

「これでも、おれは新聞記者だぜ。多少は人間の裏表を見てきた。おたくがどんなに隠そうとしても透けて見えるんだよ」

「凄い観察力と言うべきなのかな」

「話をはぐらかすなよ。この春に起こった連続爆殺事件にアメリカのグロリア保険の極東担当役員が深く関与してるって情報を提供してくれたのは、おたくなんだろう？」

「なんの話だか、さっぱりわからないな」

「とぼけるなって。おれのマンションの集合郵便受けの近くには防犯カメラが設置されてる。こっちは管理会社に頼んで、映像を全部観せてもらったんだよ。おれのメールボックスに差出人名のない封書を投げ込む鬼丸君の姿がちゃんと映ってた」

「えっ、そんなことをした覚えはありませんよ。防犯カメラに映ってたのは、おれとよく似た男なんでしょう。世の中には、自分とそっくりな奴が三人いると言いますので」

鬼丸は内心の驚きを隠し、短くなった煙草の火を揉み消した。

「喰えない男だ」

橋爪が肩を竦めた。

そのとき、アイスコーヒーが届けられた。ウェイトレスが下がるまで、二人は黙したままだった。

「橋爪さん、実はおれの知り合いが悪質な街金に引っかかって、法外な金利をぶったくられてるんですよ。その街金の背後には、裏金融界の帝王と呼ばれてる栃尾澄人という人物が控えてるようなんです」

鬼丸は作り話を澱みなく喋った。

「それで？」

「昨夜、おれは自由が丘二丁目にある栃尾の自宅に行ったんですよ。知人の代理人として、栃尾に直談判しようと思ってね」

「へえ。で、栃尾という奴には会えたのか？」

「いや、インターフォンは鳴らさなかったんです」

「いざとなったら、怖気づいたわけか」

「そうじゃありません。栃尾邸の前で橋爪さんが張り込んでたからですよ」

「ええっ、おたくがおれを見たって⁉」

「この目で、はっきりと見ました」

「なぜ、おれに声をかけなかったんだ？」

「妙な詮索をされるのは、うっとうしいと思ったからですよ。でも、考えが変わったんです。栃尾が何か危いことをしてるんだったら、それを切札にできるかもしれないと考え直したんですよ。つまり、知り合いの金利を大幅に下げさせることができるかもしれないと思ったんです」

「おたくに見られてたとはな」

「橋爪さん、栃尾澄人はどんな事件に関わってるんです？」

「おたくには借りがあるから、少し情報を流してやるか」

　橋爪がいったん言葉を切り、すぐに言い継いだ。

「先月、ロケット開発のベテラン技術者が三人も相次いで失踪した事件は知ってるよな？」

「ええ。マスコミが派手に事件のことを取り上げましたのでね。三人のロケット開発技術者は、まだ誰も行方がわからないんでしょ？」

「ああ。忽然と消えたまま、依然として行方はわからない」

「確か三人の身辺を暴力団の組員っぽい男たちがうかがってたという報道でしたよね？」

「失踪した三人は、おそらくそいつらに拉致されたんだろう。警察は、三人のロケット開発技術者の周りをうろついてた男たちが関東仁友会の下部組織の構成員だったという事実を掴んでるんだよ」

「知人の話によると、栃尾澄人は関東仁友会の理事のひとりだと……」

「そうなんだ。その栃尾が一年ほど前から、北朝鮮出身の在日実業家とちょくちょく接触してるんだよ」

「もしかしたら、栃尾は拉致ビジネスをやってるのかもしれないな。北朝鮮は旧ソ連が解体した後、ロシア人の原子物理学者や電子工学者を何十人も高給で雇い入れたみたいですからね」

「その話は単なる噂じゃないんだ。外国人学者や技術者の力を借りて、北朝鮮は軍事ミサイルの打ち上げに成功した。その後は大陸間弾道ミサイルの発射訓練を繰り返してる。半ば世界で孤立化してる国だから、もっともっと防衛力を強めたいと考えてるにちがいない」

「そうでしょうね。で、日本の優秀なロケット開発技術者を集めたくなった。しかし、日本とは国交がないから、好条件でスカウトすることはできない。となれば、残された手は拉致しかないでしょう」

鬼丸は言った。

「そうだな。北朝鮮側は日本人拉致の事実をほとんど認めてないが、あの国に亡命した日本人過激派グループのメンバーの元妻が拉致の事実をはっきりと証言した」

「ええ、そうでしたね。正確な人数は不明ですが、複数の男女が日本各地や留学先から連れ去られたことは間違いないでしょう」

「おれも、そう思ってる」

「栃尾が拉致ビジネスをやってるとしたら、報酬は在日の実業家から貰ってるんですかね？」

「まだ確認はしてないんだが、栃尾は見返りに金ではなく、北朝鮮から極上の覚醒剤を受け取ってるかもしれないんだ」

「なるほど、そういうことも考えられるか。金の受け渡しはチェックされやすいですからね」

「まあな。海上で麻薬の受け渡しをするほうが安全は安全だ。何人かのダミーを使って、日本の漁船に品物を受け取らせれば、足がつきにくい」

「ええ、そうですね。橋爪さん、北朝鮮で精製された上質の覚醒剤が日本で出回ってるんですか？」

「ああ、関西で密売されてる。半月ほど前に神戸在住のロック・ミュージシャンが覚醒剤取締法違反で逮捕られたんだが、そいつが持ってたのは北朝鮮から流れてきた麻薬と断定されたんだよ」

「ほかに何か裏付けは？」

「三週間前に中国の漁船を装った不審船が九州の海岸近くで座礁したが、船倉には北朝鮮の工作員男女が隠れてた。その二人は、コンドームに詰めた極上の覚醒剤を十個ずつ胃袋に入れてたんだ」

「栃尾は拉致ビジネスや工作員の密入国の手引きの見返りとして、極上の覚醒剤を受け取ってるのかもしれませんね」

「その疑いは濃いな」

橋爪がストローでアイスコーヒーを吸い上げた。

栃尾は麻薬を売り捌いた金で、東都テレビの株を買い漁ったのではないだろうか。鬼丸は、そう推測した。

橋爪がぽつりと呟いた。

「栃尾は何かでかいことを企んでるのかもしれないんだ」

「でかいこと？」

「実は、関東仁友会と繋がりのある仕手集団が東日本新聞社の株を買い漁ってるんだよ」

「東日本新聞は首都圏を販売エリアにした地方紙ですよね？」

「そう。発行部数は六十万部弱だが、歴史のある地方紙だよ。都民にはよく読まれてる新聞なんだ」

「目的は、取得株の高値買い戻しなんですかね？」

「そうじゃないだろう。それが狙いなら、もっと旨味のある企業がいくらでもある。わざわざ新聞社の株を買い集めてるのは、別のことを考えてるからなんじゃないか」

「別のことというと？」

「たとえば、本気で大株主になるとかかな。どこも企業舎弟はイメージアップをしたがってる。広域暴力団も暴対法と不況のダブルパンチで、従来のダーティービジネスだけでは遣り繰りが苦しくなってる。そこで、堅気と同じ合法ビジネスに参入するようになった。現に裏社会の金がベンチャービジネスにどんどん注ぎ込まれてるんだ。マスコミの経営権を握れば、汚れたイメージを拭えるじゃないか」

「ま、そうでしょうね。栃尾は別のマスコミにも関心を持ってるのかな」

鬼丸は、それとなく探りを入れた。

「いまのところは東日本新聞社のことしか摑んでないが、ひょっとしたら、第三者にテレビ局や出版社の株を買い漁らせてるのかもしれないな。アウトローたちは、昔から文化の香りのするものには憧れが強いんだ」

「そうみたいですね。超大物総会屋が妙に堅い月刊誌を発行してたり、裏社会の顔役が雑誌社のオーナーだったりします」

「そうなんだよ。知恵者の栃尾が関東仁友会の理事たちを説得して、イメージアップ作戦を展開しはじめてるんじゃないかな。それ自体は悪いことではないが、その資金づくりには問題がある」

「ですね。話が前後しますが、栃尾が接触してる北朝鮮出身の実業家というのは？」

「なんで、そんなことを知りたがる？」

「別に深い意味はありません」

「おたく、栃尾の弱みをどうしても押さえたいらしいな。しかし、あまり嗅ぎ回らないほうがいいぞ。奴は下っ端のやくざじゃないんだ。おたくが強引な手段を使ったら、葬られるかもしれない」

「強引な手は使いませんよ。ただ、相手の泣きどころを押さえないと、知人の金利を下げさせられないと思うんです」

「向こう見ずな男だ。それじゃ、ヒントを与えてやろう。栃尾が頻繁に会ってる在日実業家は関東一円にパチンコ屋と焼肉レストランをチェーン展開してるんだ。全店舗数は三百を超えてるらしい。その男はパチンコ屋のみかじめ料を払う払わないで関東仁友会と最初は揉めたらしいんだが、いつしか仲直りしてたという話だよ」

「そうですか」

「おれ、あまりゆっくりしてられないんだ」

橋爪が言いにくそうに言った。

鬼丸は礼を述べ、伝票を手に取った。二人はコーヒーショップの前で別れた。鬼丸は地下二階に降り、レンジローバーに乗り込んだ。

毎朝タイムズ東京本社ビルを出ると、鬼丸は日比谷公園の脇に車を停めた。スマートフォンを使って、公安調査庁調査第二部にいる元同僚に電話をかける。一つ年下で、大和勇という男だった。

「鬼丸さん、お元気ですか?」

「なんとか生きてるよ。ちょっと協力してもらいたいことがあるんだ」

鬼丸はそう前置きして、栃尾がちょくちょく接触しているという北朝鮮出身の実業家のことを喋った。

「その人物は、尹という男だと思います」

「フルネームは？」

「尹昌成です。六十七、八歳だったかな。北朝鮮の総書記とは親しい間柄で、本国に毎年、億単位の金を送ってるようです」

「特殊作戦部隊との関わりは？」

「そのあたりはわかりません」

大和が答えた。

北朝鮮の特殊作戦部隊は世界でも屈指の規模を誇り、兵力は約八万人だ。北朝鮮陸軍全体のおよそ十一パーセントを占めている。隊員たちは潜入、情報収集、水中爆破、格闘技訓練に励み、共産主義思想を徹底的に叩き込まれている。

「尹の自宅は？」

「千代田区三番町の豪壮な家に住んでます。本社は確か池袋にあります。社名は『白山コーポレーション』です」

「そう」

「鬼丸さん、何を調べてるんです？」

「たいしたことじゃないんだ」

「先輩には世話になったから、協力は惜しみませんよ」

「大和、尹という男は日本人を使って、ロケット開発技術者を拉致させた疑いがあるかもしれないんだ。調査二部は、そういう情報をまったく摑んでないのか？」

「そういう話は、いま初めて聞きました。鬼丸さん、その話の情報源は？」

「知り合いの新聞記者がちょっと洩らした話なんだ」

「そうですか。確かに三人のロケット開発技術者が失踪したままですが、日本人拉致問題はマスコミがしばしば報じてきました。それなのに、北朝鮮が日本人のロケット開発技術者を引っさらわせますかね。そんなことをしたら、真っ先に疑われるでしょう？」

「それもそうだな。新聞記者が言ってたことは、単なる推測だったんだろうか。ところで、北朝鮮の工作員の密入国は増えてるのか？」

「特に多くなったとは言えません。もっとも海上保安庁の水際作戦も完璧じゃありませんから、北朝鮮の工作員が新しいルートから日本に潜り込んでる可能性はありますけどね」

「そうだろうな。最近、北朝鮮から極上の覚醒剤が流れ込んで、関西で出回りはじめてるという噂を耳にしたんだが、そのあたりの情報は？」

「特に聞いていません」

「そうか」

「鬼丸さんが六本木のナイトクラブの専属ピアニストをやってるって話は風の便りで知っ

てましたが、今度は探偵になったんですか？」

「そうじゃないんだ。ちょっとした気まぐれで、調べてみる気になっただけだよ。そのうち、ゆっくり飲もう」

鬼丸は電話を切って、車を銀座に向けた。『友和トレーディング』は銀座六丁目の外れにあった。雑居ビルの六階だった。

鬼丸は栃尾のオフィスに電話をして、作り声で女性事務員に問いかけた。

「栃尾はいるかな？」

「はい、おります。失礼ですが、どちらさまでしょうか？」

「会の理事仲間だよ」

「あっ、はい！　いま、栃尾に換わります」

「いいんだ、いいんだ。すぐ近くまで来てるんで、これから事務所に行くよ」

「そうですか。あのう、お名前を教えていただけますでしょうか？」

相手が言った。

鬼丸は黙殺して、電話を切った。スマートフォンを懐に戻すと、グローブボックスから変装用の黒縁眼鏡を取り出した。

鬼丸は眼鏡をかけ、前髪を額いっぱいに垂らした。少しは印象が違って見えるだろう。

鬼丸は張り込みを開始した。

2

夕闇(ゆうやみ)が一段と濃くなった。

六時半を回っていた。栃尾は雑居ビルから姿を見せない。

鬼丸は生欠伸(なまあくび)を嚙(か)み殺した。

張り込みは、いつも自分との闘いである。逸(はや)る気持ちや焦(じ)れったさをぐっと抑(おさ)え、ひたすらマークした人物が動き出すのを待つ。勇み足は禁物だ。

黒い綿ジャケットの内ポケットの中で、スマートフォンが打ち震えた。張り込んで間もなく、マナーモードに切り替えておいたのだ。

「鬼丸ちゃん、会社乗っ取り屋の高岡誠司が殺(や)られたぜ」

堤がのっけに言った。

「えっ」

「一時間ぐらい前に赤坂のNKビル前の路上で、後ろから頭を撃たれたんだ。即死だったらしい。おおかた栃尾澄人が誰かにシュートさせたんだろう」

「犯人は？」

「逃げたそうだよ。目撃証言によると、やくざっぽい男だったらしい」

「凶器は？」

「遺留品の薬莢から、トカレフと判明したそうだ。ただ、中国でパテント生産されてるノーリンコ54とは銃把の刻印がちょっと違ってたというんだよ。もしかしたら、北朝鮮製のトカレフが使われたのかもしれねえな」

「考えられますね」

「鬼丸ちゃん、何か摑んだようだな？」

「ええ、ちょっとね」

鬼丸はそう前置きして、毎朝タイムズの橋爪や公安調査庁の大和から得た情報を詳しく語った。

「栃尾はロケット開発技術者の拉致と工作員の密入国の手引きをして、その見返りに北朝鮮で精製された極上の覚醒剤を貰ってたわけか。そして、麻薬ビジネスで株の購入資金を捻出した」

「まだ推測の域を出ないんですが、大筋は間違っていない気がします」

「だろうな。栃尾が高岡を始末させたのは、沼辺たち三人のダミーとのパイプ役を消しておかねえと、てめえが手繰られると考えたからなんだろう」

「そういうことなのかもしれませんね。栃尾は、こっちを全面的には信用してない感じだったんです」

「なら、早いとこ栃尾を生捕り(いけど)にして、締め上げねえとな」

「そうですね。しかし、奴のダーティービジネスの証拠を握らないと、簡単には口を割らないでしょう。だから、おれは栃尾のオフィスのそばで張り込んでるんですよ」

「そっちは面が割れてる。単独尾行じゃ、まずいな。いまから、おれ、銀座に行く」

「職務は？」

「きょうのノルマは片づけた。おれが銀座に向かってる途中に栃尾が動き出したら、すぐ連絡してくれや」

堤が先に電話を切った。

鬼丸は通話を切り上げ、『シャングリラ』のオーナーに電話をかけた。今夜も仕事を休ませてくれと頼み、早々に通話を切り上げた。

オーナーの御木本は厭味(いやみ)めいたことは一言も口にしなかった。それだけに、ひどく気が咎(とが)めた。

スマートフォンを懐(ふところ)に戻しかけたとき、マーガレットから電話がかかってきた。

「その後、極右団体の連中の影は？」

「まったく感じないよ」

「それはよかったわ。それはそうと、竜一に相談したいことがあるの」

「オーストラリアにいる家族が恋しくなったな？」

「ううん、そうじゃないの。パリで活躍してる日本人デザイナーの新作発表のショーに出ないかって話が事務所に舞い込んだのよ。五人のモデルが指名されたんだけど、その中にわたしも入ってるの」

「スーパーモデルに飛躍するチャンスじゃないか」

「からかわないで。モデル業は、あくまでも生活のための仕事よ。有名なファッションモデルになりたいなんて野心はないんだけど、フランスには行ったことがないから、ちょっと好奇心があるの」

「行って来いよ」

「だけど、仕事を引き受けたら、十五日も拘束されちゃうのよ。竜一と二週間以上も会えないなんて、とても辛いわ。ね、一緒にパリに行ってくれない？」

「マギー、それは無理だよ。おれは『シャングリラ』の専属ピアニストなんだ。十五日も休むわけにはいかない」

「そうでしょうね。それじゃ、わたしもパリ行きはやめるわ」

「どうして？　気分転換になるだろうから、行けば……」

「竜一と半月も離れるのは寂しいし、不安でもあるの」

「不安？」

鬼丸は問い返した。

「ええ、そう。ずっと言えなかったんだけど、竜一はわたしと会ってても、ふっと心ここにあらずという表情を見せる」

「それは思い過ごしじゃないか」

「ううん、そうじゃないと思う。あなたは何か事情があって、好きな女性に背を向けなければならなかったんじゃない？」

「おれは、そんなセンチメンタリストじゃないよ。別れた女のことなんか思い出したりしない」

「ほんとに？」

マーガレットの声が明るんだ。

「もちろんさ。先のことはわからないが、いまはマギーをかけがえのない女と思ってる」

「竜一の言葉を信じてもいいのね？」

「ああ、信じてほしいな。いまの気持ちに嘘はないよ。ただ、おれは無責任な約束はしたくないんだ」

「それ、どういうことなの？」

「マギーの人生を丸ごと引き受ける自信もないくせに、軽々しく結婚しようなんて言えないってことだよ」

「わたし、結婚という形態には拘（こだわ）ってないわ。好きな男性（ひと）と現在（いま）を切（せつ）に熱く生きたいと願ってるだけ。いつか二人の気持ちが寄り添えなくなったら、別れるべきだと思ってる」

「おれも同じ考えだよ。くどいようだが、いまはマギーが最も必要な女なんだ。それだけは信じてくれないか。だから、妙な気なんか回さないで、フランスで仕事をしてこいよ」

「ええ、わかったわ」

「出発はいつになるんだい？」

「四、五日先になると思うわ」

「そう。今夜はマギーの部屋に行けそうもないが、出発前に必ず会いに行くよ」

鬼丸は通話を切り上げた。

マーガレットの勘（かん）の鋭さには舌を巻いた。まだ押坂千草に対する想いを断ち切れていないのだろうか。

レンジローバーの前に白いプリウスが停まったのは、午後七時過ぎだった。

堤の車だ。鬼丸は自分の車を二十メートルほどバックさせた。堤がごく自然に車を降り、レンジローバーに近づいてくる。

鬼丸はパワーウインドーのシールドを下げた。

「対象（マルタイ）はまだオフィスにいるんだな？」

堤が立ち止まるなり、小声で確かめた。

「そうなんですよ」

「鬼丸ちゃん、室内盗聴器は車に積んでるのか？」

「ええ、後ろにね」

「なら、対象の事務所が空になったら、盗聴器を仕掛けろや。おれが栃尾を尾行して、そっちに連絡するよ」

「そうしますか。事務所に忍び込めば、何かダーティービジネスの証拠を押さえられるかもしれませんからね」

「そうだな」

「堤さん、栃尾を見失わないでくださいよ」

「おれを素人扱いしやがって」

「別にそういうわけじゃなかったんですが……」

鬼丸は言い訳した。

堤が苦笑し、プリウスを駐めた場所に戻っていった。鬼丸は煙草を吹かしながら、時間を遣り過ごした。

雑居ビルに見覚えのあるベンツが横づけされたのは、八時二十分ごろだった。

栃尾の車だ。運転席には前夜と同じ三十代の男が坐っていた。体軀は逞しかった。栃尾のお抱え運転手兼ボディーガードなのだろう。

数分が過ぎたころ、栃尾が雑居ビルの正面玄関から現われた。ベージュの背広姿だ。

ドライバーが急いで車を降り、後部座席のドアを恭(うやうや)しく開けた。

栃尾が片手を挙げ、リア・シートに腰かけた。体格のいい男がきびきびとした動作で、ベンツの運転席に戻った。

鬼丸は堤に電話をかけた。

「旦那、いまベンツの後部座席に乗り込んだのが栃尾ですよ」

「やっぱり、そうか。奴を見た瞬間、そう直感したんだ」

「後はよろしく！」

「失敗(ドジ)は踏まねえよ。任せておけって」

堤が通話を終わらせ、プリウスを走らせはじめた。すでにベンツは発進していた。

鬼丸は雑居ビルをフロントガラス越しに見上げた。『友和トレーディング』の窓は明るかった。まだ社員が何人か事務所に残っているようだ。

鬼丸は辛抱(しんぼう)強く待ちつづけた。

栃尾のオフィスの電灯が消されたのは数十分後だった。

鬼丸は後部座席の床(フロア)からスポーツバッグを持ち上げ、室内用盗聴器、小型懐中電灯、布(ぬの)手袋(てぶくろ)、万能鍵などを取り出した。それらを上着やチノクロスパンツのポケットに突っ込み、レンジローバーを降りる。

鬼丸は雑居ビルまでゆっくりと歩き、エレベーターに乗り込んだ。六階で降り、『友和トレーディング』に向かう。

　廊下には誰もいなかった。

　鬼丸は両手に布手袋を嵌(は)め、万能鍵で手早くドア・ロックを解いた。事務所の中に入り、小型懐中電灯を点けた。

　五卓のスチールのデスクが右側に並んでいる。その奥には、キャビネットやＯＡ機器が置いてあった。ほぼ中央に総革(かわ)張りの応接ソファセットが据(す)えられ、その左側にマホガニーの両袖机が見える。栃尾のデスクだろう。

　鬼丸は両袖机に歩み寄り、斜め後ろに置かれたスチール・キャビネットをほんの少しだけ手前に引いた。壁とキャビネットの隙間(すきま)に、黒い室内用盗聴器を落とす。

　マッチ箱ほどの大きさで、頭の部分から約四センチのアンテナが突き出している。この広さなら、人の声は楽に拾えるはずだ。

　鬼丸はスチールのキャビネットを壁ぎりぎりまで押し戻すと、両袖机の書類やメモを見た。債務関係の書類ばかりだった。固定電話の横のメモには、数字や疑問符が記(しる)されている。意味は読み取れなかった。

　鬼丸は両袖机の引き出しをことごとく検(あらた)めてみた。金融関係の書類がびっしり詰まっていたが、ダーティービジネスに関わりのありそうな物は何も見つからなかった。

　東都テレビの株券は、このオフィスのどこかに保管されているのか。

鬼丸は後ろのキャビネットはもちろん、社員たちの机の引き出しもチェックしてみた。しかし、株券はどこにもなかった。覚醒剤も隠されていなかった。

栃尾は警察の手入れを警戒し、大事を取っているのか。東都テレビの株券は、おおかた関東仁友会の本部か別の企業舎弟のオフィスにあるのだろう。覚醒剤も安全な場所に保管されているのかもしれない。

鬼丸は懐中電灯のスイッチを切り、『友和トレーディング』を出た。ドアをロックしてから、布手袋を外す。

雑居ビルを出たとき、堤から連絡が入った。

「いま対象（マルタイ）は、飯田橋（いいだばし）エクセレントホテルのバーで関西の極道っぽい五十絡（がら）みの男と飲んでる」

「極上の覚醒剤の買い手かもしれませんね」

「その可能性はありそうだが、二人はゴルフの話ばかりしてやがるんだ。そっちは何か収穫があった？」

「残念ながら、何もありませんでした。これから、飯田橋のホテルに向かいます。堤さんはバーにいるんですね？」

「ああ、二階のな。こっちに着いたら、おれのスマホを鳴らしてくれないか」

「了解！」

鬼丸は自分の車に駆け寄り、ただちに飯田橋に向かった。二十数分で、飯田橋エクセレントホテルに着いた。

鬼丸は車の中から、堤に電話をかけた。

「いま、駐車場にいるんですよ。栃尾たち二人は、まだバーで飲んでるんですか？」

「ああ、バーにいる。おれはここを出るから、二階に上がってきてくれねえか」

堤が言って、すぐ電話を切った。

鬼丸は車を降り、ホテルの表玄関に入った。ロビーの端に、エスカレーターがあった。フロントとは反対側だ。

鬼丸はエスカレーターを利用して、二階に上がった。バーの前に堤の姿があった。鬼丸たちは、バーから死角になる場所で向かい合った。

「栃尾と一緒に飲んでる野郎は、大阪の浪友会(ろうゆうかい)の者だったよ。木下(きのした)って名だ」

「そいつと栃尾は、いまもゴルフ談義に耽(ふけ)ってるんですか？」

「いや、業界の話をぽつりぽつりと……」

「そうですか。で、肝心の話は？」

「ストレートな商談はしてなかったが、大阪の極道は品物(ブツ)がだぶつき気味で値崩れしはじめてるとぼやいてた。多分、覚醒剤(シャブ)のことだろう。奴は駆け引きしてると見ていいと思うよ」

「それに対して、栃尾はどんなふうに?」

「商品はめったに手に入らないような極上物だから、木下さんに損はさせないと言ってたよ」

「二人の遣り取りから察して、白い粉の商談と考えてもよさそうですね」

「おそらく、そうなんだろう。鬼丸ちゃん、二人が別れたら、おれは木下って極道に職務質問かけて、野郎の上着のポケットにパケを突っ込むよ」

「こないだのパケ、まだ組対五課に返してなかったんですか?」

「十九パケは返したよ。ワンパケだけ、こっそり盗っといたんだ。いつか役に立つかもしれねえと思ってさ」

堤がにやりとした。

「やるな、旦那も。それじゃ、おれは栃尾を尾行することにします」

「そうしてくれ。木下って野郎が栃尾に極上の覚醒剤を買わないかと持ちかけられたと認めりゃ、後は楽だ。栃尾も観念して、ダーティービジネスのことや東都テレビの株の買い占めについても自供するだろう」

「栃尾は強かな男です。そう簡単に口は割らないでしょう?」

「そうかもしれねえな。けど、相手の反応で、ある程度のことは読み取れるだろう」

「ええ、それはね。それはそうと、栃尾のベンツを運転してた奴は?」

「ベンツの中で待機してるはずだ。栃尾だけしか車から降りなかったからな」

「そうですか」

会話が途切れた。

それから間もなく、バーから栃尾と五十年配の男が出てきた。二人は別れの挨拶を短く交わすと、背を向け合った。

「どうやら木下は、このホテルに部屋を取ってあるらしいな」

堤がエレベーターホールに足を向けた五十男に視線を当てながら、小声で言った。

鬼丸は、栃尾の動きを目でなぞった。栃尾はエスカレーターで一階ロビーに降り、出入口に向かっていた。

「それじゃ、連絡を取り合いましょう」

鬼丸は堤に言い、栃尾の跡を追った。

栃尾はホテルの表玄関を出ると、右手にある大駐車場に足を向けた。鬼丸はレンジローバーを表玄関寄りに駐めてあった。外に出ると、一気に自分の車に走り寄った。

鬼丸はエンジンを唸らせたが、ヘッドライトは点けなかった。

少し待つと、目の前を栃尾を乗せたベンツが低速で走り抜けていった。鬼丸はたっぷりと車間距離を取ってから、ベンツを追尾しはじめた。

ベンツは数十分走り、赤坂のみすじ通りにある韓国クラブの前で停まった。

栃尾は車を降りると、馴れた足取りで店の中に入っていった。ベンツは走り去った。栃尾はしばらく腰を据えて、ゆったりと飲む気らしい。

あるいは、尹という在日の実業家と店で落ち合うことになっているのか。

鬼丸は車を暗がりに移した。韓国クラブの出入口を見通せる場所だ。クラブ名は『鳳仙花』だった。

鬼丸は、堤から連絡がないことが気になりはじめた。自分から電話をかけようとしたとき、懐でスマートフォンが震動した。

鬼丸はディスプレイを確認した。堤の氏名と電話番号が表示されている。

「旦那、何かあったんですか？」

「ああ、ちょっとな。おれが掌に隠したパケを木下の上着のポケットに突っ込もうとしたら、野郎、二本貫手で両眼を突きやがったんだ。身を屈めかけたら、今度は鳩尾に逆拳を叩き込まれた。あの極道、空手の有段者だな」

「木下って奴は、ホテルの外に逃げたんですね？」

「そうなんだ。野郎は木崎って偽名でチェックインしたらしいんだが、荷物は部屋に残したままなんだよ。必ず部屋に戻ってくるだろうから、張り込んでるんだ」

「部屋番号は？」

「一三〇三号室だよ。十三階のシングルルームだ」

「堤さん、もう引き揚げてください。助っ人（すけと）に怪我をさせるわけにはいきませんので」

「このまま尻尾（しっぽ）巻けってのか？　冗談じゃねえ。おれは警察官（サツカン）なんだ。極道に背中なんか見せられるかよ。木下って野郎に手錠（ワッパ）ぶち込んで、とことん締め上げてやらあ」

「木下は今夜は別のとこに泊まるかもしれませんよ」

「そうだとしたら、明け方にこっそり自分の荷物を取りに戻るだろう。それまで、意地でも張り込んでやる」

「わかりました。栃尾のほうは赤坂の『鳳仙花』って韓国クラブで飲んでます。顔を知られてるんで、店内には入れないんですよ」

「デス・マッチ屋を呼んで、栃尾の様子を探らせる手もあるぜ。もしかしたら、栃尾は尹（ユン）と一緒かもしれないぞ」

「仁の巨体は目立つから、あいつを呼ぶのは逆効果でしょう。おれが車の中で張り込みつづけます」

鬼丸は通話を切り上げた。

『鳳仙花』の前にベンツが停まったのは十一時半ごろだった。それから一分も経（た）たないうちに、四、五人の韓国美人に囲まれた栃尾が姿を見せた。

栃尾はホステスたちの胸の谷間に万札を一枚ずつ押し込むと、上機嫌な様子でベンツの後部座席に乗り込んだ。ほどなく栃尾を乗せた高級ドイツ車は走りはじめた。

鬼丸は尾行を再開した。

栃尾は自由が丘の自宅にまっすぐ帰った。鬼丸はそれを見届けると、車を飯田橋エクセレントホテルに向けた。やはり、堤のことが気がかりだった。

深夜の目黒通りは空いていた。鬼丸はスピードを上げた。

3

夜明けが近い。

東の空は、ほんのひと刷毛(はけ)だけ明るみはじめていた。午前五時を回ったばかりだ。

鬼丸は飯田橋エクセレントホテルの十三階の非常口近くに立っていた。一三〇三号室からは、だいぶ離れている。

堤は一階のロビーの隅にいるだろう。前夜、ホテル内のバーで栃尾と接触した浪友会の木下は、いまだに自分の部屋に帰ってこない。

チェックアウト・タイム直前に部屋の荷物を取りに戻るつもりなのか。午前十一時近くまで待たされると思うと、どっと疲れを覚えた。

鬼丸は堤と一時間ごとに張り込みのポジションを替えてきた。ロビーにいるときは、ソファに坐ることができる。だが、廊下では立ち通しだった。

同じ箇所にたたずんでいると、自然に瞼が垂れてくる。睡魔に襲われるたびに、廊下を往復しなければならなかった。

鬼丸は長嘆息した。

そのとき、懐でスマートフォンが震動した。すぐに鬼丸はスマートフォンを耳に当てた。

「やっと大阪の極道が戻ってきたぜ。いま、奴はエレベーターホールに立ってる」

堤が小声で告げた。

「ひとりですか？」

「ああ。黒地にグレイの縞の入った背広を着てる。頭は角刈りだ。奴が函に入ったら、おれも別のエレベーターで十三階に上がるよ」

「了解！」

鬼丸は電話を切り、エレベーターホールの手前まで歩いた。

好都合にも、壁の一部が引っ込んでいる部分があった。鬼丸は、へこんだ部分に背中を密着させた。

少し待つと、エレベーターの扉が開いた。

函から降りたのは五十年配の角刈りの男だ。木下だろう。

男は蟹股で廊下を歩き、一三〇三号室の前で立ち止まった。上着のポケットからカードキーを取り出した。

　鬼丸は足音を殺しながら、角刈りの男に接近した。男がドア・ロックを外す。

「おはようございます」

　鬼丸は男に明るく話しかけた。

「わし、おたくのこと知らんで」

「ええ、こちらもあなたとは一面識もありません。しかし、同じホテルに宿泊したのは何かのご縁でしょ？　ですので、朝のご挨拶をさせてもらったんですよ」

「けったいな男やな。ほなら、おたくは同じ電車に乗り合わせた連中にも、さっきみたいに声かけてるんか？」

「そこまではやりません」

「おたく、ここ、おかしいんやないか？」

　男がそう言い、自分の頭を人差し指でつついた。

　鬼丸は曖昧に笑って、相手の顔面に右のストレートパンチを見舞った。男がよろけた。

鬼丸はステップインして、相手の顎をアッパーカットで大きく掬い上げた。

　男は大きくのけ反り、赤茶のカーペットに引っくり返った。仰向けだった。

「何するんや！」

　男が怒号を放ち、上体を起こした。

鬼丸は眉ひとつ動かさずに、相手の喉笛のあたりを蹴った。ふたたび男が倒れた。

ちょうどそのとき、堤が走り寄ってきた。彼は角刈りの男の太腿を膝頭で固定し、前手錠を掛けた。

「公務執行妨害で緊急逮捕する」

「わしが何した言うねん？」

「おまえは現職警官に暴力を振るったろうが！」

「知らんわ、わし」

五十年配の男が、せせら笑った。

「部屋の中で職質をやりましょう」

鬼丸は堤に言った。

堤がうなずき、角刈りの男を乱暴に引き起こした。鬼丸たち二人は男を一三〇三号室に押し込み、ソファに坐らせた。

「おい、警察手帳見せえや」

角刈りの男が喚いた。堤が警察手帳を相手の鼻先に突きつけ、頭頂部に肘打ちをくれた。

「何しくさるんや！」

「礼をさせてもらっただけだ。おまえ、浪友会の木下だなっ。下の名は？」

「…………」

「黙秘権を使う気か」

「そうや。なんぞ文句あるんかっ」

「いい年齢（とし）こいて、まるでチンピラだな」

「なんやと⁉」

男が気色（けしき）ばんだ。

堤が急に屈（かが）み込み、床から何かを拾い上げる真似（まね）をした。それから彼は男の前で、掌（てのひら）を見せた。覚醒剤のパケが載（の）っていた。

「おまえ、覚醒剤喰（く）ってるな」

「なに言うてんのや⁉　わしは、これでも一家を構えてるんやぞ。小僧っ子扱いすると、しばくぞっ」

「パケを持ってるだけでも、法に触（ふ）れる。そのことは当然、知ってるよな？」

「汚いやないけ。わしを嵌（は）める気なんやな」

「おれは、この部屋でパケを見つけた。まさか中身は重曹（じゅうそう）か小麦粉だと言い張るんじゃないだろうな。なんなら、車の中から試薬を持ってこようか？」

「もう何も喋らん」

男が口を真一文字（まいちもんじ）に引き結んだ。

鬼丸はライティング・ビューローに歩み寄り、革のトラベルバッグの中を検べた。着替えのほかに、運転免許証が入っていた。

角刈りの男は木下次男という名で、五十一歳だった。現住所は大阪市浪速区になっていた。鬼丸は木下の運転免許証を堤に手渡した。堤が運転免許証を検め、いきなり木下の懐を探った。札入れを抜き取り、中から白い粉の入ったパケを抓み出した。

「勝手なことするると、承知せえへんで」

「木下、もう観念しろ。札入れに入ってたパケは、栃尾澄人から渡されたサンプルだな?」

「そんなパケ、財布に入れた覚えはないわい。おたくが入れて、罪をでっち上げるつもりなんやろうが。わしは知らんで」

「おまえ、さっき組を張ってると言ってたな。浪友会の三次か四次団体なんだろうが、組長なら組長らしいとこを見せろや」

「木下組は二次組織や。組員は百人以上おるんや。なめるんやないっ」

「それだったら、なおさら親分らしいとこを見せろよ」

「けっ、やかましいわい!」

「しばらく桜田門ホテルに泊まるか。本庁舎の留置場はきれいだから、住み心地はいいはずだ」

「大阪の弁護士に電話をかけさせてくれ」

「こんな時刻に電話をかけたら、先方が迷惑するだろうが」

「ええんや。こういうときのために、高い顧問料を払(はろ)うてるんやさかいな」

「取り調べが終わるまで、弁護士に連絡を取らせるわけにはいかない」

「これは不当逮捕や。早(はよ)う手錠(ワッパ)外さんかいっ」

　木下がいきり立ち、ソファから立ち上がろうとした。

　鬼丸は堤を横に移動させ、木下の肝臓(レバー)と腎臓(キドニー)にダブルパンチを叩き込んだ。木下が頽(くずお)れるようにソファに坐り込んだ。前屈(まえかが)みになって、ひとしきり唸(うな)った。

「木下、よく聞け。おれたちは並の刑事じゃないんだ。なかなか自白(ウタ)わない被疑者は、とことん痛めつけることにしてる」

　鬼丸は凄んで見せた。

「一対一(タイマン)張らせろや」

「ふざけるな。高校生同士の喧嘩(ゴロ)じゃないんだ。おまえを一方的にぶん殴ってやる。そっちも空手の心得があるようだから、おれのパンチ力は感じ取っただろう。その気になりゃ、おまえを殴り殺すこともできるんだ」

「くそっ」

「正直に何もかも話すなら、サンプルの覚醒剤(シャブ)は見なかったことにしてやってもいい。それから相棒がさっき拾ったパケの件も、目をつぶってやるよ」

「そんな手にゃ乗らんわい。どうせわしを騙す気なんやろうが！　わし、ガキのころから学校の先公とお巡りの言葉は信用しないことにしとるんや。もうわしは貝になるで」

　木下が目を閉じた。

　鬼丸は木下の頰を右手できつく挟みつけた。すぐに顎の関節が外れた。木下は喉の奥で呻きながら、ソファから前のめりに落ちた。すぐに床の上を転げ回りはじめた。

「そのうち口を割る気になるでしょう」

　鬼丸は堤に言って、シングルベッドに浅く腰かけた。

　堤が木下の腰や太腿を蹴りつけはじめた。木下は涎を撒き散らしながら、散弾を喰らった猪のようにのたうち回りつづけた。

　鬼丸は頃合を計って、木下の顎の関節を元通りにしてやった。木下は肩で呼吸をしていた。

「次は利き腕を捩切ってやるか」

「もう勘弁してんか。頼むわ」

「やっと素直になったか。札入れに入ってたのは、栃尾から貰ったサンプルだな？」

「そうや。北朝鮮で精製された極上物と言うとった。けど、一グラム八万で買わんかと言われたんで、商談はまとまらんかったんや。でもな、わし、色気があるような言い方しといたねん。そしたら、栃尾さん、サンプルやるから、検討し直してくれへんかと……」

「栃尾が覚醒剤(シャブ)の卸元(ネタモト)やってることは誰から聞いたんだ？」

「向こうから売り込みをかけてきたんや。神戸(こうべ)連合会には何十キロも買(こう)てもろたと言っとった。それから、福岡の九竜会(きゅうりゅうかい)にも品物(ブツ)を流したみたいやな」

「浪友会は覚醒剤、御法度(ごはっと)になってないのか？」

「表向きは禁じられてるんやけど、遣り繰り(シノギ)がきつうなってるさかい、黙認って感じやな」

「栃尾はどういうルートで品物(ブツ)を仕入れてると言ってた？」

　鬼丸は畳みかけた。

「そこまでは教えてくれんかったわ。けど、いくらでも供給できる言うとった。おそらく北朝鮮の高官と深い繋がりがあるんやろうな。あの国が覚醒剤の密売で儲けたがってるという噂はだいぶ前から、わしらの業界に流れとった。けど、どの組織も窓口を見つけられへんかった。なにせ正式な国交がないわけやし、警戒心も強いようやしな」

「栃尾は麻薬のほかに何か非合法ビジネスをやってると言ってなかったか？」

「非合法ビジネスやて？」

「そうだ。たとえば、日本人のロケット開発技術者たちを拉致して、北朝鮮側に引き渡してるとか」

「栃尾さん、そないなことしてるんか⁉」

「たとえばの話だ」

「いくらなんでも、国を売るようなことはやらんやろ？　極道は誰も社会主義の国は好きやないからな」

「それでも、でっかく儲(もう)けられるとなれば、そこまでやっちまう奴らがいるだろう。いまのやくざは金になるなら、なんでもやるという連中ばかりだからな」

「そやけど、そこまではやらん思うわ」

　木下が言って、肘で上体を支え起こした。

　堤が長い札入れを上着の内ポケットに戻し、手錠を外した。

「サンプルの覚醒剤は押収するからな」

「そんな殺生(せっしょう)な！」

「ブーたれてると、桜田門ホテルに連泊(れんぱく)させるぞ」

「おたくら、ほんまに刑事なんか？」

「ちゃんと警察手帳を見せただろうが！」

「見たことは見たけど、二人とも荒っぽすぎるわ」

「いろんな刑事がいるんだよ。それより、栃尾に余計なことを言ったら、裏取引はチャラにするからな」

「おたくらのことは何も言わんわ。わしの免許証は？」

「預かっておく。紛失したってことにして、再交付してもらうんだな」

「あんたらは極道よりも悪党や」

木下が吐き捨てるように言った。

鬼丸は堤と目で会話を交わし、一三〇三号室を出た。廊下を歩きながら、堤が無言で木下の運転免許証とサンプルのパケを差し出した。

鬼丸は両方を受け取り、上着のポケットに収めた。札入れから五枚の一万円札を抜き出し、堤の上着のポケットに突っ込む。

「お疲れさん！　少ないですが、一杯飲ってください」

「いつも悪いな。本当は金なんか受け取っちゃいけねえんだが、貧乏人なんでな」

「謝礼を受け取ってもらったほうがこっちは気持ちが楽です。ボランティアで助太刀してもらったら、借りができますからね」

「鬼丸ちゃんは漢だな。そういう屈折した思い遣りはカッコいいよ」

「おだてたって、色をつける気はありませんよ」

「くそっ、見抜かれてやがったか」

堤が軽口をたたいた。

二人はエレベーターで一階に下り、ホテルの駐車場で別れた。鬼丸は神宮前の自宅マンションに戻るなり、ベッドに潜り込んだ。

目覚めたのは午後二時半過ぎだった。

鬼丸はカップ麺を啜ると、慌ただしく部屋を出た。車で銀座の『友和トレーディング』に向かう。

目的地に着いたのは、三時二十分ごろだった。

鬼丸はレンジローバーを雑居ビルの裏手に停め、ＦＭ受信機をグローブボックスから摑み出した。イヤフォンはジャックに差し込んである。

鬼丸はイヤフォンを耳に嵌め、手早く周波数を合わせた。

ほどなく栃尾のオフィスで交わされている話し声や物音が耳に届いた。鬼丸は耳に神経を集めた。

栃尾が社員のひとりに指示を与えている。債権の回収率が下がっていることに触れ、発破をかけていた。鬼丸は盗聴しつづけたが、拉致ビジネスや密入国に関わる話はまったく洩れてこなかった。どうやら栃尾は、社員のいない場所でダーティービジネスの打ち合わせをしているらしい。

鬼丸はイヤフォンを耳から外した。

それから間もなく、栃尾から電話がかかってきた。

「例の株券を集めてくれたか？」

「ああ、揃えてある」

「そいつは、ご苦労さんだったな。せっかくだが、商談はキャンセルさせてもらう」

「急に気持ちが変わったのは、なぜなんだ？」

「罠の気配を感じたからさ」

「何を言ってるんだっ」

「おまえ、本当は東都テレビの株なんか持ってないな」

「持ってるよ。なんなら、これから指定された場所に株券を持っていってもかまわない」

「下手な芝居はやめろ。高岡が口を割ったんだ。おまえに妙な映像を撮られて、協力を強いられたんだってな」

「高岡を始末させたのは、あんたなんだろうがっ」

「好きなように考えてくれ」

「やっぱり、そうだったか」

「警察じゃないな。おまえは、フリージャーナリストか何かなのか？」

「親の遺産で遊び暮らしてると言ったはずだ」

「ふざけるなっ。高岡と同じ目に遭いたくなかったら、おれの身辺を嗅ぎ回ったりしないことだ。いいな？」

「おい、まだ電話を切るな。おれは、あんたの弱みを知ってるんだ」

鬼丸は言った。

「弱みだと⁉」

「そうだ。あんたは麻薬の密売をやってる」

「ばかばかしくて、まともに話を聞く気にもなれないな。おれは、真っ当なビジネスをしてるだけだ」

「きれいごとを言うなっ。そっちは関東友仁会の理事で、裏金融界のボスだ」

「確かに堅気じゃないよ、おれはな。しかし、任されてる企業舎弟（フロント）は合法的な商売をしてる。誰にも後ろ指は差させんぞ」

「善人ぶるな。あんたは昨夜（ゆうべ）、飯田橋エクセレントホテルのバーで、浪友会の木下に北朝鮮で精製された極上の覚醒剤を買わないかと持ちかけた。木下にサンプルのパケも渡してる。あんたが卸元（ネタモト）だってことはわかってるんだ」

「木下なんて奴は知らない」

「空とぼけても、意味ないぜ。木下が何もかも喋ったんだよ。その以前におれの仲間が、バーでの会話をＩＣレコーダーで録音してる」

「なんだって⁉」

栃尾の狼狽（ろうばい）がありありと伝わってきた。録音云々（うんぬん）は、はったり（ブラフ）だった。堤はＩＣレコーダーさえポケットに忍ばせていなかった。

「あんたは、三人の日本人ロケット開発技術者を手下の者たちに拉致させ、北朝鮮の工作員に引き渡した。それから、工作員たちの密入国にも手を貸してるよな？　その見返りとして、あんたは北朝鮮から上質の覚醒剤を貰った」

「根も葉もないことを言うなっ」

「黙って聞け！　あんたは、すでに神戸連合会や福岡の九竜会に覚醒剤を売りつけてる。そうして得た金を高岡経由で流し、借金だらけの川岸要、曽我峰夫、沼辺陽介の三人に東都テレビの株を買い集めさせてた。取得株数は七百五十万株だ。どこか間違ってるか？」

「全部、間違ってるな。おれは麻薬ビジネスはもちろん、ほかの悪事もやってない。おれにあやつける気なら、ちゃんとした証拠を揃えろ。もっとも、証拠が揃うわけはねえけどな」

「証拠は必ず揃える。揃わないときは、あんたの体に訊く」

「やれるもんなら、やってみろ！」

電話が切られた。

鬼丸は栃尾を生捕りにする方法を考えはじめた。

4

土砂降りだった。

邸宅街は雨で白く煙って見える。自由が丘二丁目だ。

鬼丸はフロントガラス越しに、栃尾邸のガレージに目を注いでいた。

栃尾から電話があった翌朝だ。まだ九時前だった。

黒いマスタングが鬼丸の車の横を低速で走り抜け、栃尾邸の石塀の際に停まった。蛭田の車だ。

鬼丸はスマートフォンで、蛭田に連絡を取った。

「仁、遅かったじゃないか。約束は八時半だったはずだぞ」

「すみません。きのうナンパした女が出かけようとしたとき、アレをしたがったんですよ。それで、こっちもついその気になっちゃってね」

「元気だな」

「まだ二十代ですからね、おれは」

「二十代といっても、ぎりぎりじゃないか。確か数カ月後には、満三十歳だよな？」

「ええ、そうっす」

「ま、いいさ。昨夜(ゆうべ)電話で言ったように、栃尾のベンツを予定通りに立ち往生させてくれ」

「了解！」

「おそらくボディーガードを兼ねた運転手がベンツから降りて、仁に喰ってかかるだろう」

「そいつに文句をつけて、できるだけ時間を稼げばいいんですね？」

「そうだ。その間に、おれはリア・シートから栃尾を引きずり出す」

「鬼丸(オニ)さん、栃尾は丸腰じゃないでしょ？　おそらく護身用の拳銃を持ってるだろうね」

「そうだろうな。先日、栃尾は割烹の奥座敷でビジネス鞄の中から消音器付きのグロックを取り出して、おれに誓約書を認(したた)めろって脅しをかけてきたんだ」

「そんなことがあったんですか。それじゃ、油断できないな。鬼丸(オニ)さん、役回りを逆にしましょうよ」

蛭田が提案した。

「おれがベンツの行く手を阻(はば)んで、仁が栃尾を押さえる？」

「ええ、そうです。いつかも話したと思いますが、おれはアラバマ州でピストルを持った辻強盗どもをぶちのめしたことがあります。拳銃を突きつけられても、なんとかなるでしょう」

「仁の気持ちは嬉しいが、これはおれのビジネスなんだ。助っ人のそっちに危険な役は振れないよ。段取り通りに事を運ぼう」

鬼丸は通話を終わらせた。

ブリリアントシルバーのドイツ車が車庫から出てきたのは、およそ十分後だった。

鬼丸は目を凝らした。ステアリングを握っているのは、いつもの体格のいい男だった。後部座席の栃尾はシートに深く凭れ、朝刊を拡げている。

ベンツがマスタングの横を走り抜けていった。

十秒ほど経ってから、蛭田が車を発進させた。鬼丸もレンジローバーを走らせはじめる。

雨脚は依然として強い。ワイパーがフロントガラスを伝う滝のような雨水を忙しく払っている。

数百メートル先で、蛭田が一気に車の速度を上げた。マスタングはベンツを抜き去り、ほどなく行く手を塞いだ。

ベンツの運転手がパニックブレーキをかけた。雨の音がブレーキ音を掻き消してくれた。鬼丸はアクセルペダルを踏み込んだ。ベンツの後方ぎりぎりに車を停める。

ベンツのホーンが高く鳴らされた。

マスタングはハーフスピンしたまま、動こうとしない。逆上したベンツのドライバーが憤然と雨の中に飛び出した。予想通りだ。

　蛭田も車から出た。栃尾のお抱え運転手が何か怒鳴り、蛭田の胸倉を摑んだ。蛭田が相手の右手首を握って、逆に捻った。

　鬼丸は車を降り、中腰でベンツに走り寄った。

「おい、早く前の車をどかせろ」

　栃尾がパワーウインドーのシールドを下げ、窓の外に首を突き出した。

　鬼丸は栃尾の頭髪を引っ摑んで、相手の顔面にショートフックを浴びせた。肉と骨が鳴った。

「き、きさま！　待ち伏せしてたんだなっ」

　栃尾が言った。鬼丸は無言で栃尾を突き飛ばした。栃尾がシートに斜めに倒れる。

　鬼丸は後部座席のドアを大きく引き開けた。

　栃尾が黒いビジネスバッグを抱え込み、何かを取り出そうとしている。グロック26を使う気になったのだろう。鬼丸は栃尾のこめかみに拳を叩きつけ、ビジネスバッグを引ったくった。鞄の底には、グロックと消音装置が別々に突っ込んであった。

　鬼丸は両方を取り出し、銃口にサイレンサーを装着させた。

　そのとき、栃尾が反対側のドア・ロックを外した。逃げる気になったのだろう。鬼丸は車内に半身を突っ込んで、サイレンサーを栃尾の腰に押し当てた。

「逃げたら、撃つぞ」

「拳銃を扱ったことがあるのか？」

「あるよ。アメリカの射撃場で数え切れないほど実射をしてる」

「おれをどうする気なんだ？」

栃尾が訊いた。

「とりあえず、車から出てもらおうか」

「ずぶ濡れになりたくねえな。車の中で話を聞こうじゃないか」

「世話を焼かせる奴だ」

鬼丸はグロックの銃把の底で、栃尾の後頭部を撲った。栃尾が両手で頭を抱えて、長く唸った。

「この野郎、どうします？」

蛭田が太い腕でベンツのドライバーの首をホールドしながら、近づいてきた。

「顎の関節を外して、ベンツのトランクに閉じ込めてくれ」

「オーケー」

「そいつは丸腰だったのか？」

鬼丸は蛭田に問いかけた。蛭田がうなずき、男を捉えたまま運転席側に回り込んだ。トランクリッドのオープナーを引き、車の後方に移動する。

「てめえら、ぶっ殺してやる」

ベンツを運転していた男が憤（いきどお）ろしげに喚（わめ）いた。

蛭田が男を路面に捩伏（ねじふ）せ、顎の関節を外した。すぐに彼は軽々と運転手を肩に担（かつ）ぎ上げ、トランクルームの中に投げ入れた。トランクリッドが閉められる。

「降りろ！」

鬼丸は栃尾に命じた。

「頭から血が出てるんだ。雨に打たれたら……」

「言われた通りにしないと、ぶっ放すぞ」

「人を撃ったことがあるのかよ？」

栃尾が小ばかにした口調で言った。

鬼丸は手早くスライドを引き、引き金（トリガー）を絞った。銃弾はシートの中にめり込んだ。発射音は小さかった。圧縮空気が洩れたような音がしただけだ。

「次は、あんたの太腿（ふともも）を撃つ！」

「もう逆（さか）らわねえよ」

栃尾が観念し、ベンツの後部座席から出てきた。

蛭田が栃尾の片腕を摑み、レンジローバーまで引っ張っていった。

鬼丸は先に栃尾を運転席に坐らせ、素早く助手席に乗り込んだ。消音器の先を栃尾の脇腹に突きつける。

「素直に運転しないと、脚を撃つぞ」

「どこまで運転させる気なんでえ？」

「黙ってマスタングに従いていけばいいんだ」

「きょうは厄日だぜ」

栃尾がぼやいた。

蛭田が雨にしぶかれながら、自分の車に駆け戻った。鬼丸は、栃尾に発進の準備をさせた。ほどなくマスタングが動きはじめた。

栃尾もレンジローバーをスタートさせた。

「おたく、命が惜しくねえのか？　おれは関東仁友会の理事だぜ」

「それがどうした？」

「おれをこんな目に遭わせりゃ、ただで済まねえことはわかるよな？」

「だから、なんだって言うんだっ」

「おたくは若死にすることになるだろう」

「ヤー公にあっさり殺られるほどやわじゃない」

「いつまで突っ張ってられるかな」

「黙って運転しろ！」

鬼丸は声を高めた。

栃尾を連れ込む場所は予め決めてあった。川崎市高津区にある知り合いの陶芸家の工房だった。その陶芸家は末期癌で入院中だ。一年近く前から、アトリエは使われていない。

およそ二十五分で、目的の工房に着いた。

アトリエは丘の上にある。周囲は雑木林だった。近くに民家は一軒もない。

先にマスタングから降りた蛭田が、栃尾をレンジローバーから引きずり下ろした。栃尾は暴れなかった。

鬼丸たち二人は、裏金融界の帝王を工房の中に押し込んだ。階下はアトリエとして使われていた。轆轤台が三つ並び、壁際の棚には無数の陶器が載っている。花器が目立つ。

鬼丸は栃尾を土間に直に坐らせ、残弾を数えた。四発だった。

「まず高岡を始末した実行犯のことから喋ってもらおう」

鬼丸は銃口を栃尾に向けた。栃尾は薄笑いをしただけで、何も喋ろうとしない。

「こういう雨の日は、無性に筋肉を動かしたくなるんだよな」

蛭田が歌うように言って、栃尾の後ろ襟を摑んだ。軽々と引き起こし、気合とともに頭上に掲げた。栃尾の体は、ほぼ水平に宙に浮かんでいる。

「久しぶりに飛行機投げをやってみるか」

蛭田が愉しげに言い、回転しはじめた。栃尾が足をばたつかせながら、腹立たしげに息巻いた。

「おれを玩具にしやがる気かっ」

「まあな」

「やめろ！　くだらない遊びはやめるんだ」

「そうはいかないな」

蛭田は十周ほどしてから、栃尾を投げ飛ばした。栃尾は轆轤台の角に腰を打ちつけ、長く唸った。

蛭田はすぐに栃尾を摑み起こし、幾度も土間に叩きつけた。それに飽きると、今度は栃尾の腹や腰を蹴りはじめた。

やがて、栃尾はぐったりとなった。

蛭田がしゃがみ込み、栃尾の所持品を次々にポケットから取り出した。

鬼丸はペンライトに似た物が光を明滅させているのに気づいた。それを蛭田の手から取り、仔細に検べた。電波発信器だった。鬼丸は急いでスイッチを切った。

「こいつの受信レーダーはどこにあるんだ？」

「ベンツに搭載してある。トランクに入れられた岩戸は、いずれ通りかかった者に発見されるだろう。そうなれば、あいつはおれの居場所を知る。おまえらは若い衆に包囲されて、蜂の巣にされることになる」

「これだけ強い雨が降ってるんだ。岩戸とかいう男がトランクの中でもがいたって、その音は掻き消されるさ」

「そうかな。仮にそうだとしても、無人のベンツが路上に放置されてたら、誰かが異変に気づくだろうよ」

　栃尾が余裕たっぷりに言って、口の端を歪めた。

　鬼丸は口には出さなかったが、一抹の不安を覚えた。栃尾の手下が駆けつける前に、決着をつけなければならない。鬼丸は栃尾の肩すれすれのところに九ミリ弾を放った。栃尾が悲鳴をあげ、四肢を竦める。

「高岡を殺ったのは誰なんだ？」

「…………」

「次は急所を狙うぞ」

「昔、うちの会にいた男だよ。ちょっとした不始末をやらかして、破門になったんだ。渡瀬って奴だが、もう日本にゃいない。東南アジアに高飛びさせたからな」

「次は肝心なことを吐いてもらうぜ。あんたは北朝鮮のために三人の日本人ロケット開発技術者を拉致して、そのお礼として極上の覚醒剤を貰ったな？　それから、北朝鮮の工作員の密入国も手引きしたにちがいない。そして、汚れた金で東都テレビの株を沼辺たち三人に買い集めさせた。そうだなっ」

「東都テレビの株を三人のダミーを使って買い漁(あさ)ったことは認めるよ。けどな、危(ヤバ)いビジネスは何もしてねえ」

「あんたの言った通りだとしたら、浪友会の木下が嘘をついたことになるな」

「木下と会ったことも認めらあ。けどな、おれは覚醒剤を売りつけようともしてねえし、サンプルなんかも渡した覚えはない」

「そっちがシラを切り通す気なら、尹昌成(ユンチャンソン)をここに連れてくることになるぞ」

「知らんな、そういう男は」

「とぼけやがって」

鬼丸は栃尾に銃口を向けたまま、蛭田を手招きした。

蛭田の手から栃尾のスマートフォンを受け取り、発着信履歴をチェックする。尹(ユン)との交信記録はなかった。だが、尹(ユン)の名と電話番号はちゃんと登録されていた。鬼丸は、そのことを栃尾に言った。栃尾は顔を背(そむ)ける。

鬼丸は尹(ユン)の電話番号を呼び出し、発信キーを押した。少し待つと、男の声で応答があった。

「尹(ユン)さんですね?」

「ええ、そうです。ディスプレイには栃尾さんの名前と電話番号が表示されていますが、その声はご本人じゃありませんね？」

「わたしは栃尾の秘書です」

鬼丸は言い繕（つくろ）った。

「栃尾さんに秘書がいらしたとは知りませんでした。最近、あなたを雇われたのでしょうか？」

「ええ、そうなんですよ。先月から、わたしが秘書をやらせてもらっています」

「で、ご用件は？」

「栃尾が緊急に尹（ユン）さんにお目にかかりたいと申しているのですよ。ちょっと白い粉の件で問題が生じましてね」

「何があったんです？」

尹（ユン）が早口で訊いた。在日の実業家は白い粉の意味を問いかけもしなかった。そのことは、彼が覚醒剤に無縁でないことを意味する。

「極上物ということでしたが、白い粉に重曹がかなり混じってたんです」

「そんなわけない。わたしの幼馴染（おさなな じ）みの高官が向こうの精製工場で荷出し検査に立ち合ってるんです。いろいろ世話になっている栃尾さんに混ぜ物入りの覚醒剤を渡すはずはありません。きっと何かの間違いです」

「とにかく、栃尾はすぐに尹（ユン）さんにお目にかかりたいと言ってるんですよ。迎えの者を差し向けたいと思うのですが、いまは池袋の会社にいらっしゃるんでしょうか？　それとも、三番町のご自宅のほうに？」

「まだ家にいますが、ちょっと栃尾さんに換わってくださいよ」

「栃尾は、ほかの電話に出ていまして……」

鬼丸は、とっさに答えた。

そのとき、栃尾が大声で叫んだ。

「尹さん、罠だ！」

「いま叫んだのは、栃尾さんだね？」

尹がそう言い、焦って電話を切った。鬼丸はすぐにリダイヤルしたが、早くも電源は切られていた。

「尹はうろたえて電話を切ったが、収穫はあったよ。これで、あんたと尹の結びつきがはっきりした」

「尹さんを知らないと言ったのは、実は嘘だよ。何度か事業資金を貸したことがあるんだ。尹さんは客のひとりだが、別に一緒に悪事を働いたことはない」

「もう遅いな。尹は北朝鮮で精製された覚醒剤があんたに流れてることを認めるような言い方をしたんだ」

「そんなわけない。おたくの耳、おかしいんじゃねえのか」

栃尾が嘲笑しながら、そう言った。

鬼丸は栃尾を睨みつけ、引き金を絞った。放った銃弾は、栃尾の片方の耳を掠めて土中に埋まった。栃尾が胎児のように体を丸めた。

そのすぐ後、工房の窓ガラスが派手な音をたてて割れた。小さな塊が土間に落ちる。

ほとんど同時に、白い煙幕が拡散しはじめた。瞳孔がちくちくと痛み、涙が込み上げてきた。撃ち込まれたのは催涙ガス弾だろう。アトリエのドアが開けられ、また催涙ガス弾が撃ち込まれた。

視界が利かなくなった。銃弾が連射された。銃声は聞こえなかった。消音器付きの拳銃を使ったのだろう。

栃尾がむせながら、這って逃げはじめた。

鬼丸は栃尾の尻を狙って撃った。的には当たらなかった。出入口の方から、またもや銃弾が飛んできた。狙撃者は岩戸だった。

「伏せてろ！」

鬼丸は蛭田に言って、最後の一発を撃つチャンスをうかがった。

出入口の手前で、栃尾が立ち上がった。

鬼丸は栃尾の左脚に狙いを定めて、一気にトリガーを絞った。残念ながら、また外してしまった。グロック26を投げ捨てる。

栃尾の後ろ姿が見えなくなると、銃弾が切れ目なく飛んできた。

鬼丸は動くに動けなかった。蛭田も土間に伏せたままだった。

催涙ガスが充満し、何も見えなくなった。瞼も長くは開けていられなくなった。

複数の乱れた足音が遠ざかりはじめた。

鬼丸たち二人は起き上がり、姿勢を低くして工房の外に逃れた。あたりに、敵の姿は見当たらない。

「鬼丸さん、追っかけましょう。奴ら、まだ遠くまでは逃げてないでしょう」

「深追いは危険だよ。奴らは丸腰じゃないんだ」

「忌々しいな」

「癪だが、きょうは諦めよう」

鬼丸はヒップポケットからハンカチを抓み出し、目頭に押し当てた。涙は、まだ止まらなかった。

第四章　葬られた仕掛人

1

眉根は深く寄せられている。

上瞼の陰影が濃い。マーガレットは苦痛にも似た表情になっていた。エクスタシーの前兆だ。

鬼丸は抽送を速めた。

セミダブルのベッドマットが弾みはじめた。四谷にあるマーガレットの自宅マンションの寝室だ。

出窓のカーテンの隙間から、陽光が細く射し込んでいる。午後二時過ぎだった。

前夜、鬼丸は恋人の自宅に泊まった。夜のうちに一度肌を重ね、昼食後にまたベッドで睦み合いはじめたのである。

栃尾に逃げられたのは三日前だ。鬼丸は蛭田と堤の助けを借りながら、ふたたび栃尾を拉致しようとした。しかし、敵はガードを固めはじめていた。栃尾に接近するチャンスさえなかった。

鬼丸は作戦を変更し、尹を人質に取ることにした。在日の実業家を生捕りにすれば、栃尾も鬼丸を黙殺するわけにはいかない。尹に何かあれば、極上の覚醒剤の供給を断たれる可能性がある。鬼丸は、そう考えたのだ。

だが、手の打ち方が遅かった。

尹は二日前の朝から雲隠れしてしまった。鬼丸は尹の自宅と池袋の『白山コーポレーション』も張り込みつづけた。

敵に顔を知られていないブレーンたちに声をかけ、尹の経営するパチンコ店や焼肉レストランも回ってもらった。クラブのDJを務めている玄内翔には、赤坂の『鳳仙花』を見張らせた。

しかし、尹の居所はいまもわからない。国外に逃れたのかもしれないと考え、鬼丸は公安調査庁の大和に渡航記録を調べてもらった。だが、尹は出国していなかった。

同胞が多く住む地域に潜伏しているとも考えられる。鬼丸は知り合いの情報屋に声をかけ、尹を捜させてもみた。しかし、結果は虚しかった。

「竜一、もっとワイルドに突いて！」

マーガレットがあけすけにせがみ、腰をくねらせはじめた。彼女は二日後にパリに旅発つことになっていた。

半月も恋人と会えなくなるからか、前夜の求め方はいつもより激しかった。

やがて、熱く長い情事が終わった。

鬼丸はティッシュペーパーで体を拭い、横向きになった。マーガレットがぴったりと身を寄せてくる。白い柔肌は火照っていた。

「パリで思い切り羽を伸ばしてこいよ。ただし、男遊びはルール違反だぞ」

鬼丸は言いながら、豊かな金髪をまさぐった。

「この世に男と言えるのは、竜一しかいないわ。わたしは絶対に浮気なんかしない。あなたのことがちょっと心配だわ」

マーガレットがそう言い、いとおしげに鬼丸の腰を撫でた。彼女が手を引っ込めると、鬼丸は腹這いになった。

「これから、八王子の病院に行こうと思ってるんだ」

「押坂というお友達のお見舞いね」

「そう。月に二回、病室を訪ねてるんだよ。きょうが見舞い日なんだ」

「面会時間は何時からなの？」

「午後三時からだよ」

「それじゃ、そろそろ出かけないとね。竜一、先にシャワーを使って」

「特に急ぐ必要はないんだ。きみが先に汗を流せよ」

「それじゃ、そうさせてもらおうかな」

マーガレットがベッドから降り、バスローブを羽織って寝室を出た。

部屋の間取りは1LDKだった。ただし、専有面積は六十数平方メートルもある。LDKもベッドルームも広かった。

鬼丸は煙草に火を点けた。

一服し終えたとき、ナイトテーブルの上でスマートフォンの着信ランプが灯った。電話をかけてきたのは依頼人の栗原専務だった。

「その後、いかがでしょう？」

「黒幕の弱みを押さえて、それを切札に使うつもりだったのですが、少してこずってるんですよ」

鬼丸は経過を報告した。

「栃尾は、そう簡単に非合法ビジネスのことを認めないでしょ？」

「ま、そうでしょうね。尹を早く見つけ出して、裏付けを取るつもりです」

「あなたをせっつくわけではありませんが、正体不明の別の仕手グループが東都テレビの株を買い漁りはじめてるんですよ」

「なんですって⁉」

「おそらく栃尾が新しく雇ったダミーなのでしょう。併(あわ)せて五百万株ほど買い集められてしまいました。すでに取得されてしまった七百五十万株を加えると、千二百五十万株になります。このままですと、いつか筆頭株主の持ち株数に迫るでしょう。栃尾に大株主になられたら、厄介(やっかい)なことになります」

「栗原さん、危機は必ず除去(エリミネート)します。もう少しだけ時間をください」

「わかりました。とにかく、お任(まか)せしますので……」

栗原が電話を切った。

鬼丸は気持ちを引き締めた。依頼人に不安を与えるのは、プロのギャングハンターとしては恥ずかしいことだ。

鬼丸は仲間たちに次々に電話をかけた。しかし、何も耳よりな情報は得られなかった。

二本目の煙草を喫(す)っていると、マーガレットが寝室に戻ってきた。鬼丸はベッドを離れ、浴室に急いだ。

頭からシャワーを浴び、全身を手早く洗った。ついでに、髭(ひげ)も剃(そ)る。

浴室を出ると、マーガレットがダイニングキッチンでコーヒーを沸(わ)かしていた。鬼丸は寝室で衣服をまとい、マーガレットと差し向かいでコーヒーを飲んだ。

マグカップが空になると、マーガレットが口を開いた。

「せっかくだが、もうノーサンキューだ。成田まで見送りに行けないが、出発前に必ず電話するよ」

「わたしも毎日、パリから電話するわ」

「それじゃ、よい旅を！」

鬼丸はダイニングテーブルから離れた。マーガレットも椅子から立ち上がった。

二人は玄関ホールで、短いくちづけを交わした。

鬼丸はエレベーターで地下駐車場まで下り、レンジローバーに乗り込んだ。すぐに八王子の私立総合病院に向かった。

数分走ったころ、毎朝タイムズの橋爪から電話がかかってきた。

「鬼丸君、そろそろ返礼してくれても罰は当たらないんじゃないのか」

「返礼って？」

「おい、それはないぜ。先日、おれはおたくに情報を提供したじゃないか。忘れたとは言わせないぞ」

「ちゃんと憶えてます」

「それなら、その後の収穫をおれに話してくれるよな？」

「それがですね、別のことで忙しくて、まだ動いてないんですよ」

「もう一杯どう？」

鬼丸は、ごまかした。新聞記者に栃尾の悪事を教えてしまったら、裏ビジネスが成り立たなくなる。

「汚い男だな。おたくの言葉なんかもう信じないっ」

「おれ、事実を言っただけですよ」

「どうして、そういうことをしれーっと言えるのかね。おたく、天性の詐欺師なんじゃないのか？」

「人聞きの悪いことを言わないでくださいよ」

「何遍も言ったが、おれはおたくが何をしようと、いっこうにかまわないんだ。ただ、スクープ種が欲しいんだよ」

「それはわかってます。しかし、その後、まるで動いてないんですから、情報を提供できるわけないでしょ？」

「そうかい。わかったよ。おたくは、おれに心を許してないわけだ。そうなんだろ？」

「そんなことはありませんよ。橋爪さんとは長いつき合いだから、人柄もよくわかってます。人間として立派な方だと思ってますし、信用もしていますす」

「嘘つけ！　おたくがそこまでガードを固めるんだったら、おれもこれからは一切、情報を流さないぞ」

「橋爪さん、少し落ち着いてください」

「おれは冷静だよ。それだから、おたくにうまく利用されてることに気づいたんだ」

「ちょっと待ってください。おれ、橋爪さんを利用なんかしてませんよ」

「利用してるだろうが！」

「まいったな」

「しばらく電話は控えてくれ。おれも、おたくには当分、連絡しない」

橋爪が一方的にまくしたて、通話を切り上げた。

鬼丸は肩を竦(すく)め、運転に専念した。中央(ちゅうおう)自動車道を利用して、八王子市内に入る。

目的の病院に着いたのは三時二十分ごろだった。

鬼丸は車を外来用駐車場に入れ、東病棟に回った。病院は小比企(こびき)町にある。周(まわ)りは雑木林で、野鳥をちょくちょく見かける。

もしかしたら、押坂の妹が病室にいるかもしれない。

鬼丸は期待と困惑を同時に覚えた。千草に会ったところで、何かが変わるわけではない。そう思いつつも、彼女の顔を見たかった。しかし、いざ顔を合わせたら、どんなふうに対応していいのかわからなくなるだろう。

鬼丸はエレベーターに乗り込み、三階に上がった。エレベーターホールの前にナースステーションがある。ガラス張りで、看護師たちの姿は丸見えだ。顔見知りの若い女性看護師が鬼丸に気づき、にこやかに会釈(えしゃく)した。

鬼丸は目礼し、備え付けの面会人名簿に署名した。前の頁を捲ってみたが、千草の名は見当たらなかった。

鬼丸はナースステーションの脇を抜け、三〇一号室に急いだ。いつものように象牙色のドアを軽くノックして、勝手に病室に入る。六畳ほどの広さの個室だ。

押坂はベッドに横たわり、かすかな寝息をたてていた。窓の片側はカーテンで塞がれている。病人の枕許側だ。

「押坂、いい夢見てるか？」

鬼丸は病人に声をかけてから、円椅子に腰かけた。

押坂の顔面は、てかてかと光っている。担当のナースが彼の髭を剃り、乳液を塗りつけたのだろう。鬼丸は寝具の端を少し捲り、押坂の片手を握った。千草は電話で、兄が自分の手をはっきりと握り返したと言っていた。

「おい、押坂。飽きるほど眠っただろうが？　そろそろ目覚めてもいいんじゃないのか？」

鬼丸は喋りながら、病人の手を幾度か握り込んでみた。

しかし、なんの反応もなかった。温もりだけは確実に伝わってきた。生ける屍。そんな言葉の断片が、鬼丸の頭にふと浮かんだ。

すぐに押坂を歩道橋の階段から突き落としたときの情景が脳裏に蘇った。掌に触れた押坂の背骨の感触も、鮮やかに思い出した。

鬼丸は胸が疼いた。保身本能に負け、人の道を踏み外してしまったことは消しようもない。汚点である。時には罪悪感から逃れたくなるが、決して忘れてはならない犯罪だ。裏切りでもある。罪を一生、背負いつづける覚悟はできている。

せめて押坂の半身でも動くようになってほしい。だが、それは難しそうだ。

押坂の夢は何があっても叶えなければならない。ささやかな償いだが、何もしないよりは増しだろう。鬼丸は自分に言い聞かせて、押坂の手を寝具の中に戻した。五分ほど無言で病人の顔を見つめ、静かに立ち上がる。

鬼丸は病室を出て、エレベーターに乗り込んだ。

千草とは会わなかった。鬼丸はほっとしたような、それでいて何か物足りないような複雑な気持ちになった。

外来用駐車場に戻ると、栃尾のお抱え運転手の岩戸がレンジローバーのそばに立っていた。どうやら尾行されていたらしい。

鬼丸は、あたりを素早く見回した。

岩戸のほかには、不審な人影は見えない。

鬼丸は岩戸をぶちのめし、彼を弾除けにして栃尾に接近する気になった。大股で岩戸に近づく。岩戸が急に白っぽいワンボックスカーに乗り込み、すぐ発進させた。鬼丸は走路を歩いていた。

ワンボックスカーが猛進してくる。

同じ場所を歩いていたら、撥ねられてしまう。鬼丸は横に動き、駐めてある車と車の間に入った。

ワンボックスカーが風圧を置きざりにして、外来用駐車場から出ていった。

鬼丸はレンジローバーに飛び乗り、岩戸の車を追跡しはじめた。ワンボックスカーは信号を無視しながら、裏通りを突っ走っている。

鬼丸も勢い信号を無視することになった。警笛を何度も鳴らされ、危うく接触事故を起こしそうにもなった。それでも、鬼丸は追走しつづけた。

岩戸は、なぜ病院の駐車場で奇襲をかけてこなかったのか。その気になれば、鬼丸を射殺することもできただろう。

栃尾の運転手兼ボディーガードは、どうやら自分を人気のない場所に誘い込む気らしい。おおかた、そこには栃尾が待ち受けているのだろう。

裏金融界の帝王は、鬼丸が自分の悪事の証拠を握っているかどうか知りたいのではないか。そして、場合によっては岩戸に鬼丸を始末させるつもりなのだろう。

鬼丸は身に危険が迫っていることを感じ取りながらも、臆することはなかった。果敢に岩戸の車を追った。

ワンボックスカーはわずかに減速しただけで、強引に脇道に折れた。すぐにブレーキ音が響いた。女の悲鳴もした。

岩戸は接触事故を起こしたようだ。

鬼丸は車を左折させた。ワンボックスカーは、だいぶ遠ざかっていた。

脇道の端に、赤いスクーターが転がっている。その近くには、若い女が倒れていた。俯せだった。ワンボックスカーに当て逃げされたのだろう。

脇道の両側は畑だった。はるか遠くに民家が見えるが、人も車も目に留まらない。

倒れた女は自分では立ち上がれない様子だ。

鬼丸は見過ごせなくなった。レンジローバーを路肩いっぱいに寄せ、路上に倒れ込んでいる女に駆け寄った。

「ワンボックスカーに当て逃げされたんですね?」

「は、はい」

「撥ね飛ばされたとき、どこを打ちました?」

「腰と肘を傷めたようです」

「痛みは?」

「腰の骨を折ってしまったのかもしれません。ちょっと体を動かすだけで、激痛が……」

「それじゃ、そのまま動かないほうがいいな。すぐに救急車を呼んであげましょう」

「わたしの家、割に近いんです。そこまで、あなたの車で運んでもらえないでしょうか？」

　女が言った。

　鬼丸は少し迷ったが、自分の車でひとまず怪我人を自宅まで送り届けることにした。女を抱き起こした。二十五、六歳のセクシーな女だった。鬼丸は細心の注意を払いながら、女を胸に抱え込んだ。

　彼女を抱え上げようとしたとき、背中に尖鋭な痛みを覚えた。ダーツ弾か何かを浴びせられたようだ。

　鬼丸は振り返った。
　四、五メートル後ろに、岩戸が立っている。筒型のダーツ銃を握っていた。
「おれに麻酔ダーツ弾を撃ち込んだんだなっ」

「ああ、そうだ。おめえは、じきに意識がなくなる」

「くそったれ！」

　鬼丸は怪我をした女をいったん路上に寝かせ、すぐに立ち上がった。

　前に大きく踏み込んで、右のロングフックを放つ。パンチは虚しく空に流れた。

「もっとステップインしなきゃ、パンチは届かねえよ」

　岩戸がからかいながら、後ろに退がった。

　鬼丸は前に踏み出そうとした。しかし、体に力が入らない。踏んばっていなければ、倒れそうだ。全身が痺(しび)れてきた。目も霞(かす)みはじめた。

鬼丸は力をふり絞って、前に出た。三歩進んだとき、自分の体を支え切れなくなった。

鬼丸は、その場に頽(くずお)れた。ほとんど同時に、意識が混濁(こんだく)した。

2

下腹部が生温かい。

その感覚で、鬼丸は我に返った。ベッドに太いロープで括(くく)りつけられている。ペンションか、リゾートホテルの一室らしい。

鬼丸は枕から頭を浮かせた。

股の間にうずくまっているのは、なんと赤いスクーターに乗っていた色っぽい女だった。女は鬼丸のペニスを浅くくわえていた。

「おい、何をしてるんだ⁉」

「やっと意識を取り戻したのね」

「岩戸とグルだったんだなっ。そっちは奴の車に当て逃げされたんじゃない。そうなんだろ?」

「ええ、その通りよ。岩戸に頼まれて、ひと芝居うったの。スクーターは自分で倒したのよ」

「岩戸とは、どういう関係なんだ?」

「内縁の妻ってやつよ。あたし、真由(まゆ)っていうの。よろしくね」

「岩戸はどうした?」

「別の部屋にいるわ。あたしは、あんたの見張り役よ。眠ってるあんたを見てるだけじゃ退屈なんで、ちょっといたずらしてたの」

「変なことはやめろ」

「いいじゃないのよ。あんたも、気持ちいい思いができるんだから」

「おれのじゃなく、岩戸のナニをしゃぶってやれ」

「もう飽(あ)きちゃったのよ。だから、たまに別のキャンディーを舐(な)めたくなるの」

　鬼丸は言った。

「迷惑だな。そんなことより、ここは、どこなんだ?」

「それは教えられないわ」

「何かヒントぐらいは与えてくれ」

「それぐらいだったら、いいわ。ある会社の保養所よ」

「ある会社って、『友和トレーディング』のことなんだろ?」

「外れよ」

真由と名乗った女が言い、指で亀頭を弄びはじめた。指遣いは巧みだった。

「場所は？」

「それは言えないわ。海の近くよ」

「湘南か、房総半島のどこかなんだろ？」

「ノーコメント！」

「麻酔ダーツ弾に仕込まれてた溶液は？」

「アンプル弾の中身は、チオペンタール・ナトリウム溶液らしいわ。全身麻酔薬なんだって」

「おれは、どのくらい眠ってた？」

「三時間ぐらいかな」

「それじゃ、ここは伊豆半島のどこからしいな」

「場所は教えられないと言ったでしょ」

「岩戸は栃尾の子分なんだろ？」

「ええ、そうよ。表向きは秘書というか、用心棒というかね」

「栃尾も、この建物の中にいるのか？」

「うん、いるわよ」

「栃尾が尹と組んで危いことをしてるのは、知ってるよな？」

鬼丸は問いかけた。

「あたし、そういうことは何も知らないのよ。栃尾さんも岩戸も堅気（かたぎ）じゃないわけだから、いろいろ悪さはしてるんだろうけど、あたしには関係ないことだしね」

「もういいだろうが」

「え？」

「おれのシンボルをトランクスの中に戻して、前を整えてくれ」

「まだ駄目よ。まだ本格的にしゃぶったわけじゃないもの」

真由が男根（だんこん）を口に含み、根元をしごきはじめた。

舌の動きには変化があった。意思とは裏腹に、鬼丸の欲情は息吹（いぶ）きはじめた。真由は喉（のど）を鳴らしながら、鬼丸を弄びつづけた。

「もうやめろ！　やめないと、大声で岩戸を呼ぶぞ」

鬼丸は言った。

真由は鬼丸の言葉を黙殺して、舌技に熱を込めた。その直後、部屋のドアが開いた。

鬼丸は視線を延ばした。入ってきたのは岩戸だった。真由が鬼丸の股間から顔を上げ、ぎょっとした顔つきになった。

「真由、何してやがるんだっ」

「この男にせがまれたのよ」

「せがまれた？」

「うん、そう。どうせ自分は殺されることになるだろうから、死ぬ前に少ししゃぶってくれないかって」

「そんな言い訳が通用すると思ってやがるのか！　おめえは、根っからの淫乱女だな」

岩戸がベッドに走り寄り、真由の横っ面をバックハンドで殴りつけた。真由がベッドから転げ落ちる。

「痴話喧嘩は別の場所でやってくれ」

鬼丸は岩戸に言った。岩戸は睨み返しただけで、何も言わなかった。

「むきにならないでよ。退屈しのぎに、ちょっと遊んだだけじゃないの」

「その言い種は何だ！」

「あんたが悪いのよ」

真由が床に女坐りをして、内縁の夫に言い返した。

「おれが悪いだと!?」

「ええ、そうよ。あんたは疲れてるとか何とか言って、四週間もあたしをかまってくれなかったじゃないの！　あたしだって、欲求不満になるわよ」

「そんなにやりたきゃ、やってやらあ」

岩戸が真由を俯せに押さえ込み、スカートの裾を大きく捲り上げた。

「あんた、正気なの⁉」

「いいじゃねえか。おめえは男とやりたくて、うずうずしてたんだろうがよ」

「やめて、やめてちょうだい」

真由が全身で抗った。

岩戸は水色のデザインショーツを脱がせると、真由の秘めやかな場所を愛撫しはじめた。そうしながら、別の手で自分の性器を器用に摑み出した。

巨根だった。黒々としている。岩戸は自分でペニスを刺激すると、片腕で真由の腕を引き手繰った。

真由は白桃のようなヒップを高く掲げる恰好になった。岩戸が床に両膝を落とし、一気に分身を沈めた。刺し貫くような挿入だった。真由が呻き、背を反らす。

「ほら、ほら！　こういうことをしてほしかったんだろうがよ」

岩戸は真由をサディスティックに突きまくった。いつしか真由は切なげに喘ぎはじめていた。
六、七分が経ったころ、岩戸が真由の腹に両腕を回した。体を繫いだまま、彼は立ち上がった。真由の上体は前屈みになった。
「野郎に見せつけてやろうじゃねえか」

岩戸が真由を抱きかかえた状態で、ゆっくりと旋回しはじめた。

「あんた、怖いわ。下ろして」

「落としゃしねえから、尻を振れ！」

「こんな体位じゃ、ちっとも感じないわ。どうせなら、オーソドックスな体位で姦ってよ」

「おれは、けっこう感じてらあ。このままのスタイルでいこうや」

「変態！」

真由が毒づいた。だが、岩戸はいっこうに意に介さない。

内縁の妻をベッドの際まで運ぶと、がむしゃらに突きまくった。突かれるたびに、真由の椀型の乳房は揺れた。

「二人とも、いい加減にしろ！」

鬼丸は顔をしかめた。

その直後、岩戸が低く唸った。どうやら果てたらしい。

「終わったぜ」

岩戸がそう言い、真由を突き離した。真由が鬼丸の胸の上に倒れ込んできた。乳房が弾んだ。

「ごめん」

真由が鬼丸に詫び、ベッドから降りた。

「早く パンティーを穿け」

岩戸が真由に言い、萎えた分身をトランクスの中に戻した。真由が脱がされたデザインショーツを床から拾い上げ、後ろ向きで穿いた。

数秒後、栃尾が部屋にやってきた。

岩戸と真由が顔を見合わせ、ばつ悪げに下を向く。栃尾が鬼丸の下半身に目を向けながら、岩戸に声をかけた。

「どうしたんだ？」

「真由のばかが退屈しのぎに、ベッドの男のナニをちょっと……」

「くわえてたのか？」

「ええ。おれ、それで頭にきて……」

「なんか部屋の空気が腥いな」

「すみません。真由にお仕置きしたんですよ」

「ここで、ナニしたわけか？」

「そうです。申し訳ありません」

岩戸が頭を搔きながら、小声で謝った。

栃尾は呆れ顔になったが、別に岩戸を叱りつけなかった。

「おれをこんなふうにしたのは、自ら悪事を認めてるようなもんだな」

鬼丸は栃尾に言った。

「好きなように解釈してくれ。ところで、おれの急所をどの程度握ってるんだい？」

「あんたが三人のロケット開発技術者を配下の者に拉致させた証拠は、もう押さえてある」

「そんなはったりは通用しない」

「はったりじゃないっ。おれは拉致シーンを偶然に動画撮影した人間から、映像データを譲ってもらったんだ」

「なんだと⁉」

栃尾の顔色が変わった。

「言っとくが、おれの自宅を物色しても無駄だぞ。問題の映像データは、知り合いの新聞記者に預けてあるんだ」

鬼丸は、もっともらしく言った。栃尾が岩戸に目配せした。

岩戸がポケットを探り、ホールディング・ナイフを摑み出した。折り畳み式のナイフは安物ではなかった。柄の部分に象牙が嵌め込まれていた。

岩戸が刃を起こした。刃渡りは十四、五センチだった。

鬼丸の首に、寝かせた刃が押し当てられた。ひんやりと冷たかった。

「その映像データは、どこにあるんでえ？　言わなきゃ、首が血塗れになるぜ」

岩戸が凄んだ。

鬼丸は薄く笑った。岩戸が目を攣り上げ、刃を垂直に立てた。

「岩戸、そいつの首を傷つけても面白くないだろうが」

「どうしろとおっしゃるんです？」

「おまえの情婦はフェラチオが好きなんだろ？　そこまで言えば、もうわかるよな？」

栃尾が真由を見ながら、岩戸に言った。

岩戸が短く迷ってから、内縁の妻を手招きした。

「あたし、厭よ。あんたや栃尾さんの見てる前で、そんなことできないわ」

「おめえ、おれに恥をかかせる気なのかっ。言う通りにしねえと、ナイフで刺しちまうぞ」

「自分の女に、よくそんなことが言えるわね。あんた、あたしにほんとは惚れてないんじゃない？」

「つべこべ言ってねえで、早くくわえろっ」

「なんて男なの！」

真由が内縁の夫に蔑みの眼差しを向け、ベッドに歩み寄ってきた。

ほどなく鬼丸は、真由に陰茎を呑まれた。真由はすぼめた口で張り出した部分を刺激し、鈴口を舌の先でちろちろと舐めた。鬼丸は懸命に気を逸らすが、分身は膨れ上がってしまった。

「どきな」

岩戸が真由を引き起こし、ナイフの切っ先を亀頭に当てた。尖った痛みがペニスの力を失わせた。

岩戸が舌打ちして、真由にまたオーラルセックスを強要した。今度は濃厚な口唇愛撫だった。鬼丸は雄々しく勃起した。男の性衝動を呪う。

ふたたび真由は引き剝がされた。

「マラをマッシュルームみたいにスライスされたくなかったら、映像データを預けてある奴の名を言うんだなっ」

岩戸が刃先を亀頭に当てた。

「言いたくないいな」

「なんだと⁉」

「もっと怒れよ」

鬼丸は挑発した。次の瞬間、岩戸が刃先を小さく滑らせた。鬼丸は亀頭に激しい痛みを覚えた。

「血が出てるが、傷はまだ浅えよ。映像データは誰が持ってんだっ」

「栃尾って男に預けてあるんだ」

「てめえ、なめてんのかっ」

「そういうことになるな」

「てめえのマラを根元から、切断してやる」

「まあ、待て」

栃尾が岩戸を制した。ナイフがペニスから離された。

「おれの仲間がいまごろ尹を拷問してるだろう」

鬼丸は栃尾に言った。

「また、はったりか。尹さんは、安全な場所にいるよ」

「やっと尹との関係を認めたか」

「もう隠す必要がなくなったからな」

「おれを若い者に始末させる気だなっ」

「そっちが拉致シーンの映像データを入手したって話は、作り話だと判断したんだよ」

「おれを殺す気なら、もう何も恐れることはないだろうが。拉致や密入国の手引きをして、北朝鮮から上質の覚醒剤を貰ったなっ。そうして、薬物を売った金で東都テレビの株を買い集めた。そういうことだな？」

「否定はせんよ」

「あんたは不用意だな」

「それは、どういう意味なんでえ?」

栃尾が訊いた。

「おれの体内には、マイクロチップ型の高性能マイクが埋め込んであるんだ。おれたちの会話は、ある捜査機関にそのまま流れてる」

「苦し紛(まぎ)れに、また作り話か」

「そう思いたきゃ、そう思ってろ。おれを殺したって、あんたは時間の問題で逮捕されることになるだろう」

「………」

「どうせおれのことは調べ上げたんだろうが、教えてやるよ。おれは公安調査庁を辞(や)めた後、国家の秘密捜査機関のメンバーになったんだ。尹(ユン)をマークしてるうちに、拉致ビジネスをやってるあんたが捜査網に引っかかったってわけさ」

「き、きさま、本当に体内にマイクロチップ型の高性能マイクを埋め込んでるのか?」

「ああ。しかし、どこに埋めてあるかは絶対に言わない」

「こっちで検(しら)べるさ」

栃尾が懐からコルト・ガバメントを取り出し、手早くスライドを引いた。

「この野郎を素っ裸にして、チェックするんですね」

岩戸が確かめた。栃尾が黙ってうなずく。

「おめえも手伝え」

岩戸が真由に言った。真由が脹れっ面でベッドに近づいてきた。

二人は太いロープをほどき、鬼丸の衣服を剝ぎ取った。鬼丸はトランクスや靴下も取り除かれた。いつの間にか、栃尾はベッドの際に立っていた。銃口は鬼丸の頭部に向けられていた。反撃のチャンスはなかった。

鬼丸は岩戸たち二人に体の隅々まで検べられた。

「どうだ？」

栃尾が岩戸に声をかけた。

「マイクロチップ型の高性能マイクを埋めたと思われる痕跡はありませんね。この野郎、適当なことを言ったんじゃねえのかな」

「そうなんだろう。服を着せてやれ」

「わかりました」

岩戸が内妻を目顔で促した。真由が最初にトランクスを抓み上げ、てきぱきと鬼丸に衣服を着せてくれた。

「きさまとは永遠のお別れだ」

栃尾が鬼丸に言った。それから岩戸にコルト・ガバメントを手渡し、真由と部屋から出ていった。

「俯せになって、両手首を腰のとこで交差させろ」

岩戸が命じ、少しベッドから離れた。

鬼丸は俯せになると見せかけて、ベッドから跳んだ。だが、岩戸には組みつけなかった。

起き上がろうとしたとき、岩戸が前蹴りを放ってきた。鬼丸は急所をまともに蹴られ、横倒しに転がった。

「逃げようとしたら、撃くぜ」

岩戸がコルト・ガバメントを両手保持で構えた。

そのとき、二人の男が部屋に入ってきた。どちらも二十代の後半だろう。片方の男は草色の寝袋を抱えていた。もうひとりは針金の束とペンチを手にしている。

「仰向けになんな」

岩戸が命令した。

いまは、どうすることもできない。鬼丸は抵抗しなかった。二人の男が鬼丸のかたわらに片膝を落とす。

鬼丸は、まず両手首を針金できつく縛られた。腹の上だった。その次に両足首も針金で括られた。二人の男は鬼丸を寝袋の中に収めた。長身用の寝袋だった。

針金の束を持っていた男が、布製の粘着テープで鬼丸の口許を封じた。もう片方の男がファスナーを閉じた。鬼丸は寝袋の中にすっぽりと入れられてしまった。

「外に担ぎ出せ」

岩戸が男たちに指示した。

二人の男が寝袋を同時に持ち上げ、掛け声とともに肩に担いだ。鬼丸は全身で暴れた。

そのつど、担ぎ手は足を止めた。二人に膝で交互に蹴られる。鬼丸はもう反撃できなかった。

部屋を出ると、長い廊下がつづいていた。

鬼丸は外に担ぎ出され、すぐに車の荷台に乗せられた。ピックアップ・トラックだろう。

「後はおめえらに任せる」

岩戸が二人の男に声をかけた。男たちが短い返事をして、あたふたと車に乗り込んだ。

鬼丸は目を大きく見開いた。寝袋の内側はキルティング加工され、布地も厚かった。何も見えない。

車が走りはじめた。

ほどなく下り坂に差しかかった。別荘地の林道だろうか。平坦地まで一気に下ると、車は右に曲がった。そのまま、直進しはじめた。

川のせせらぎが鬼丸の耳に届いた。どうやら土手道を走っているようだ。

車は十五、六分走ると、急に停止した。二人の男が車を降り、荷台に回り込んできた。

ふたたび鬼丸は、寝袋ごと男たちに担ぎ上げられた。

二人は七、八十歩先で、足を止めた。

「このあたりで、いいんじゃねえか」

「そうだな」

男たちが言い交わし、姿勢を低くした。膝の屈伸を利用して、寝袋に包まれた鬼丸を高く投げ放った。

鬼丸は土手の斜面でバウンドし、そのまま横向きに転がりはじめた。

いくらも経たないうちに、川の中に落ちた。流れは速かった。寝袋が浮き袋の役目を果たしているのか、浮かんだまま漂いはじめた。

しかし、長くは保たなかった。川の水が布地に染み込み、次第に寝袋の内側が湿ってきた。鬼丸は焦った。顎の筋肉を前後左右に動かしはじめる。

少し経つと、わずかに口が開いた。

舌の先をできるだけ伸ばし、粘着テープの内側を突き上げる。同じことを何度も繰り返していると、粘着テープの片側が剝がれた。

鬼丸は手首を捩った。だが、縛めは少しも緩まない。足首を擦り合わせるように動かしてみたが、針金は外れなかった。

そうこうしているうちに、寝袋の中の水量が増えた。袋の中に川水が充ちれば、呼吸困難に陥る。このまま溺死したくない。なんとか岸辺まで泳ぎつきたかった。鬼丸は必死で体を動かした。

しかし、無駄な努力だった。もがいたからか、寝袋の中の水量がさらに増えてしまった。やがて、鬼丸の顔面は水に浸かった。口を閉じて、鼻から少しずつ息を吐く。

それでも、すぐに息が詰まった。肺が破裂しそうになったとき、複数の者が寝袋ごと鬼丸を摑んだ。

ファスナーが開けられた。鬼丸は水面に顔を出した。大きく息を吸う。

「鬼丸君、しっかりしろ」

橋爪の声だった。

寝袋が川岸に引っ張り上げられた。橋爪の横には、タクシードライバーが立っていた。

「間に合ってよかった」

橋爪がタクシーの運転手と顔を見合わせ、呟くように言った。五十年配のタクシードライバーも安堵した様子だった。

「橋爪さんが、どうしてここに？」

鬼丸は訊いた。

「八王子の病院でおたくを見かけたんで、ずっと尾行してきたんだよ。怪しいワンボックスカーに乗せられて、湯河原の保養所に連れ込まれたんで、ずっと張り込んでたんだ」

「おれを川に投げ込んだ二人の男は？」

「ピックアップ・トラックで引き返していったよ」

橋爪が言いながら、両手首の針金をほどいた。タクシーの運転手は足首の縛めを緩めていた。

「おれが監禁されてた建物に戻りましょう」

鬼丸は言った。

「おたくが情報を提供してくれると約束してくれなきゃ、タクシーを使わせるわけにはいかないな」

「協力しますよ」

「よし。それじゃ、急ごう！」

橋爪が土手の斜面を真っ先に駆け上がった。

鬼丸は目でタクシードライバーを促し、斜面を登りはじめた。

3

タクシーが発進した。

濡れた衣服が不快だった。鬼丸は後部座席に乗り込む前にトランクスだけになって、上着、シャツ、チノクロスパンツ、靴下の水気を切った。残念ながら、完全には絞り切れなかった。

「寝袋ごと川に投げ込まれたこと、やっぱり警察に届けるべきだと思いますがね」

タクシー運転手がどちらにともなく言った。

先に口を開いたのは、鬼丸のかたわらに坐った橋爪だった。

「いいんですよ」

「しかし、お連れさんは殺されそうになったんですよ」

「そうだが、事件のことを通報したら、警察に先を越されちゃうからね。あなたには探偵と言ったが、わたし、実は毎朝タイムズ社会部の記者なんですよ」

「そうだったんですか。お連れさんは同僚の方ですか？」

「いや、彼は探偵みたいなことをやってます。われわれは偶然、同じ事件を調べてたんですよ」

「どんな事件なんです？」

「それは言えません」

「わかりました」

タクシードライバーが口を閉じた。鬼丸は橋爪に話しかけた。

「おれ、橋爪さんに頭が上がらなくなりそうだな。命拾いしたんですからね」

「そう、こっちと運転手さんは命の恩人ってことになるな。運転手さんには後日、礼状を差し上げるんだね。それから、おれには後で情報を提供してくれよ」

「そうしましょう」

「妙に素直じゃないか」

「橋爪さんに借りを返しておかなきゃなりませんからね」

「いい心がけだ。今後も共同戦線を張っていこう」

「まだ何か誤解してるな、橋爪さんは。おれは例の株の買い占めの裏にあるものを知りたいと思っただけで、別にサイドビジネスをやってるわけじゃないんです」

「わかった、わかった。そういうことにしといてやるよ」

橋爪が話の腰を折った。タクシー運転手の耳を気にしたのだろう。

鬼丸は口を結び、料金メーターに目をやった。すでに四万三千円を超過していた。

「スマホ、もう使えないだろうな」

橋爪が言った。

「ええ、多分ね」

「おたくのスマホ、おれにくれないか」

「何を考えてるんです？」

「別に深い意味はないんだ。おれ、使えなくなった携帯やスマホをいろいろ集めてるんだよ」

「その話は初耳だな」

「くれるだろ？」

「いいえ、駄目です。懐に入ってるスマホには愛着があるんでね」

「うまく逃げやがったな」

「どういう意味なんです？」

「まだ鬼丸君のスマホが生きてたら、おれに何か手がかりを与えることになる。おたくは、それを警戒してるんだろうが」

「考え過ぎですよ。ただ、愛着があるだけです」

「わかった。もういいよ」

「おれが監禁されてた保養所は、もっと先だったんですか？」

「ああ、あと数百メートル上がった場所だよ。『セキュリティーネット』という警備会社の保養施設だった」

「その会社は急成長中だったんじゃなかったかな？」

「そうだよ。テレビのＣＭスポンサーになってるし、雑誌にも派手な広告を載せてる。社長の左京涼太は遣り手の証券トレーダーだったんだが、七年前に突然、『セキュリティーネット』を興(おこ)したんだ。人工衛星を使ったセキュリティーシステムを売りものにして、飛躍的な成長を遂(と)げた。社長の左京は目立ちたがり屋で、マスコミにもしばしば登場してる。確か五十一、二歳のはずだよ」

「元証券トレーダーだったのか」

「何か臭(にお)うのか」

鬼丸は呟いた。

「ちょっとね」

「栃尾と左京はつるんでるかもしれないと思ったじゃないの?」

「ええ、ひょっとしたらね」

「おれも、そう思ったよ。だから、栃尾はおたくを『セキュリティーネット』の保養所に監禁させたにちがいない。そして、彼はおたくがどこまで嗅(か)ぎ当てたか確かめてから、始末させようとした。そうだよな?」

「ええ、まあ」

「左京の会社は急成長して年商は右肩上がりだが、宣伝費に収益を注ぎ込んでるんで、台所は意外に苦しいんじゃないのか」

「そこで元トレーダーの左京は栃尾と共謀して、例のテレビ局や新聞社の株をダミーたちに買い集めさせた?」

「事実の断片を繋ぎ合わせると、そういうストーリーになってくるな」

「そうですね」

「あっ、ここで停めてください」

橋爪が運転手に声をかけた。

タクシーが林道の途中で停止した。あたりは真っ暗だ。

「悪いけど、ここで待っててください」

橋爪がタクシードライバーにそう言い、先に車を降りた。鬼丸は橋爪につづいた。

二人は林道を進んだ。

少し歩くと、右手に保養所らしき建物が見えてきた。照明は灯っていない。

「おたくが連れ込まれたのは、あの建物だよ。電気、点いてないな」

「そうですね。栃尾たちは引き揚げたようですね」

「そうなんだろう」

橋爪がたたずんだ。

「急にどうしたんです？」

「ここなら、タクシーの運転手に話を聞かれる心配はない。返礼に情報を提供してくれよ」

「いいでしょう」

鬼丸は差し障りのない範囲で、これまでの経過を明かした。

「栃尾は左京と共謀して、東都テレビと東日本新聞社の株を買い占めた。問題は株の購入資金だよな。おたくはどう読んでる?」

「そのあたりのことがはっきりしないんですよ」

「鬼丸君、すんなりカードを見せろって」

「おれ、そっくり情報を提供しました」

「ほんとかね?」

「もちろんですよ」

「どうも疑わしいな」

「橋爪さん、おれが妙な駆け引きをするような男だと思います?」

「ああ、思うね。しかし、もう勘弁してやるか。調べるのが新聞記者の仕事だからな」

橋爪がそう言い、大股で歩きはじめた。鬼丸は、すぐ橋爪と肩を並べた。

ほどなく二人は、『セキュリティーネット』の保養所の敷地に足を踏み入れた。

だいぶ広い。優に千坪はありそうだ。建物も大きかった。鬼丸は闇を透かして見た。車寄せには、一台も車は駐められていない。

二人は保養施設の表玄関まで歩いた。

そのとき、不意に庭木の向こうで何かが動いた。橋爪が驚きの声をあげた。鬼丸も一瞬、身構えた。だが、灌木(かんぼく)の向こうにいるのは狸(たぬき)だった。狸は暗がりの奥に逃げ込んだ。

「びっくりさせやがる」

橋爪が苦笑した。

「ほんとですね」

「やっぱり、誰もいないようだな」

「建物の中に入ってみましょう」

鬼丸はうっかり口走り、すぐに後悔した。手製の解錠道具は車のグローブボックスの中に入れたままだった。また、いつも無断で他人の家に忍び込んでいると疑われてしまう。

「どうやって、建物の中に入る気なんだ?」

「石か何かで窓ガラスを割ろうと思ったんですが、それはまずいですよね?」

「うん、ちょっとな」

橋爪が言って、表玄関のドアに耳を近づけた。

「どうです?」

「しーんと静まり返ってるな」

「おれは建物の裏側に回ってみます」

鬼丸はポーチの左手にあるサンデッキに上がった。サッシ戸に近づいたが、人のいる気配はうかがえない。

鬼丸はサンデッキを降り、保養所を大きく迂回した。戸口や窓に耳を寄せてみたが、やはり物音ひとつ聞こえない。

　鬼丸はポーチに戻り、首を横に大きく振った。

「収穫なしか。ま、仕方がないな。東京に戻ろう」

「おれの車、八王子の路上に放置したままなんですよ」

「タクシーで、その場所まで送ってやろう」

「それはありがたいな」

　二人は踵を返した。

　タクシーに乗り込んだのは午後十時前だった。

「八王子に寄ってから、竹橋の毎朝タイムズ東京本社までお願いします」

　橋爪が言った。

「承知しました。こんな不景気なときに思いがけなくロングの仕事をさせてもらって、なんだか夢を見てるようです。好景気のころは名古屋や京都までお客さんをお乗せしたこともあるんですが、最近は横浜あたりがロングもロングになってしまいましたからね。われわれも大変なんですよ」

「でしょうね。コロナのせいで、まだ景気は低迷してるからな」

「ええ。政府は景気が上向きそうなことを言ってますけど、それはどこの国の話なんだと突っ込みたくなりますよ。しかし、きょうは本当にラッキーでした」

タクシードライバーは上機嫌に言って、車を走らせはじめた。

林道をしばらく下ると、湯河原の温泉街に差しかかった。タクシーは小田原から二五五号線を北上し、大井松田ＩＣから東名高速道路に入った。

厚木ＩＣで降り、一二九号線をたどりはじめた。横浜・町田ＩＣで国道一六号線を走るよりも近道なのだろう。

目的の場所に着いたのは十一時半過ぎだった。

鬼丸は橋爪に礼を言って、タクシーを降りた。タクシーはすぐに走り去った。鬼丸は自分の車に歩み寄り、タイヤを軽く蹴ってみた。エアは抜かれていない。

鬼丸は上着の右ポケットから車の鍵を取り出した。そのとき、暗がりから二つの人影が現われた。

栃尾が刺客を放ったのか。

鬼丸は幾分、緊張した。二人の男がゆっくりと近づいてくる。暗くて年恰好は判然としなかった。

「何か用かい？」

「あなた、鬼丸竜一か？」

片方の男が問いかけてきた。日本語だが、アクセントがおかしかった。尹の回し者かもしれない。

「何者なんだ？」

「…………」

　二人は黙ったままだった。

「尹に雇われた殺し屋らしいな。それとも、栃尾の手引きで密入国した北朝鮮の工作員なのかっ」

　鬼丸は声を張った。

　二人の男が何か低く言い交わした。日本語ではなかった。尹と同じ国の人間らしい。

「尹はどこに隠れてるんだ？　身を隠したのは、栃尾に日本人のロケット開発技術者たちの拉致を頼んだからなんだなっ」

　鬼丸はレンジローバーから離れた。

　男のひとりがフリスビーのような物を水平に投げつけてきた。それは、戦闘用鉄輪だった。外径は二十五センチ前後で、厚さは二センチ弱だ。ドーナッツのように、中心部は円の形に刳り貫かれている。縁の部分は剃刀のように薄い。

　とっさに鬼丸は身を伏せた。

　ウォー・コイトは風切り音とともに頭の上を通過していった。心臓がすぼまった。鉄輪が頭に命中していたら、大怪我を負っていたにちがいない。それどころか、命を落としていただろう。

もう片方の男がプラスチック製の玩具のような物を握った。よく見ると、ピストルの形をしていた。ロケット・ピストルだろう。第一次大戦時代から各国のスパイたちに使われてきた特殊銃である。

発射用のレールだけが金属で、台座も銃把（グリップ）もアクリル製だった。グリップの中にはバッテリーが組み込まれている。電源は九ボルトの電池だ。

ロケット弾の起爆剤に火が点くと、発射する仕組みになっている。至近距離で撃たれたら、死ぬかもしれない。

鬼丸は中腰で畑の中に逃げ込んだ。

ロケット弾が放たれた。発射音は小さかった。ロケット弾は、数メートル離れた土の中に埋まった。

二人の男が相前後して、畑に踏み込んできた。

鬼丸は、畑の端に植わっている太い樹木の陰に隠れた。ほとんど同時に、ウォー・コイトが投げられた。ドーナッツ盤の鉄輪は、白樫（しらかし）の樹幹にめり込んだ。樹皮が飛び散る。

鬼丸は別の樹木まで中腰で走った。

今度は銃弾を掃射された。銃声は響かなかった。

鬼丸は樹幹にへばりつき、首を少しだけ突き出した。男のひとりはマシンガン・ピストルを手にしていた。

どう闘（たたか）うべきか。

自分は丸腰だ。まともには闘えない。暗がりに身を潜（ひそ）めながら、ひとりずつ不意討ちで倒すしか方策はなさそうだ。

二人の男が接近してきた。

そのとき、遠くから単車の爆走音が轟（とどろ）いてきた。五台や十台ではない。暴走族が隊列をなして、近くを驀進（ばくしん）中なのだろう。

地鳴りのような音が次第に近づいてきた。二人の男が立ち止まり、何か短く言葉を交わした。すぐに男たちは車道に向かって走りはじめた。犯行現場を暴走族の若者に見られたくないと思ったようだ。

鬼丸は二人の男を追いかけはじめた。

男たちの逃げ足は驚くほど速（はや）かった。二人は瞬（また）く間に遠のき、間もなく闇夜に溶け込んだ。

鬼丸は歯嚙（はが）みして、足を止めた。

4

イヤフォンを嵌めた。

鬼丸は受信機のスイッチを入れた。車の中だった。斜め前に栃尾の事務所のある雑居ビルが見える。湯河原で殺されかけた翌日の午後三時過ぎだ。

イヤフォンを通して、『友和トレーディング』の様子が伝わってくる。栃尾は誰かと電話中だった。

「ええ、そうです。東都テレビのほうがトータルで千二百五十万株で、東日本新聞が七百万株ってことになります」

「…………」

当然のことながら、電話相手の声は鬼丸には聴こえない。

「そろそろローカル放送局の株も買いに回りましょうや。ええ、もちろん地方紙もあと三、四社は手に入れませんとね」

「…………」

「資金のほうは大丈夫です。え？　浪友会は結局、乗ってきませんでした。しかし、ご心配ありません。北陸小鉄会との商談がまとまりそうなんです」

「…………」

「ええ、北陸小鉄会は博徒系の組織ですね。もちろん表向きは御法度になってるんですが、この不景気ですから、きれいごとは言ってられないでしょう？」

「…………」

「盛岡の奥州兄弟会と札幌の北勇会にも打診済みです」

「…………」

「商品の流れが滞ることはないと思います。はい？　ああ、それはやはり抵抗がありますよ。売国奴と言われても仕方がないことをやってるわけですんでね。しかし、あれだけの極上物は中国、台湾、タイ、ロシア、メキシコからは回ってきません」

「…………」

「そうですね。あの国は国民の生活水準が低いから、少なく見積っても、あと十年は国家ぐるみでドラッグビジネスをつづけるでしょう」

「…………」

「社長がおっしゃるように、三代目総書記は悪知恵が発達してますよね。ああいう方法でマネーロンダリングしてれば、外貨を獲得してることはバレにくい。ええ、こちらは代物取引ですから、その点は何も問題ありません」

「…………」

「そのことについては、弁解の余地がありません。わたし自身が奴の最期を見届けてから、湯河原を離れるべきでした。ええ、せめて岩戸に確認させるべきだったと反省しています」

「………」

「そうですか。失敗を踏んだ二人には、それなりに責任を取らせます。尹が回してくれた二人は優秀な工作員だという話だったんですが、結局、目的を果たせなかったんですから、たいした奴らじゃなかったですね。日系ブラジル人の殺し屋が仕事を引き受けてくれたそうですので、その男に例の野郎を片づけさせようと思っています」

「………」

「ええ、確かにブラジル国籍では足がつきやすいかもしれませんね。え？　社長のほうでピアノ弾きは何とかするとおっしゃるんですか？」

「………」

「そうですね。破門された組員なら、うってつけかもしれません。社長、いつからそいつとつき合ってるんです？」

「………」

「なるほど、そうでしょうね。急成長した会社は、総会屋やブラックジャーナリストどもに狙われやすいからな。それにしても、社長は目のつけどころがいいですね。破門された筋者たちは別の組織に世話になれることになってますが、実際にはどこかに足をつけることはできないでしょう。なにせ渡世人の世界も生存競争が烈しいから、どの組も余計な構成員は抱え込みたがりません。ですから、形は破門であっても、絶縁状を回されたようなものです」

「………」

「そうです、そうです。それにしても、破門やくざを私兵集団にされてるとはさすがですね。社長は元トレーダーだけあって、世の中の動きや先のことがわかるのでしょう」

「………」

「いえ、お世辞なんかじゃありません。わたしも早く社長のようにならないといけないな。え？　それは、ご心配なく。尹が見つかることはないでしょう。ピアニストが想像もできないような所に潜伏してますんでね」

「………」

「ええ、それでは奴の件は社長にお任せします。では、これで失礼します」

栃尾が電話を切り、煙草に火を点ける気配が伝わってきた。

鬼丸は音量を少し絞った。栃尾が電話で話していた相手は、『セキュリティーネット』の左京社長にちがいない。

二人の遣り取りから察すると、左京が主犯格と考えられる。栃尾は共犯者に過ぎないのかもしれない。

　関東仁友会の理事が、なぜ新興警備会社に協力しなければならないのか。

　それが大きな謎だった。関東仁友会が覚醒剤の密売で単に荒稼ぎしたいだけでないことは、電話の内容で読み取れた。栃尾は明らかに東都テレビや東日本新聞社の株の買い占めに関与し、さらにローカル放送局や複数の地方新聞社の株も手に入れたがっている。

　左京と栃尾は、どうしてマスコミ関係の会社の株ばかり大量買いする気になったのか。取得株の高値買い戻しが目的なら、株価の値上がり幅の大きな優良銘柄を狙うはずだ。

　マスコミ関係会社の株だけを大量買いしているのは、テレビ局や新聞社の経営権を握りたいからなのではないか。『セキュリティーネット』はマスコミの経営に参画することによって、イメージアップを図ろうと目論んでいるのだろうか。

　左京と栃尾の二人は、なかなかの野心家と思われる。しかし、野望が大きすぎるのではないか。どう考えても、身の丈に合っていない気がする。

　二人はただの捨て駒で、背後には怪物じみた黒幕が控えているのかもしれない。そうだとすれば、陰謀はとてつもなく大きそうだ。

　マスコミ各社は有事法制関連三法案、人権擁護法案、個人情報保護法案にこぞって反対し、憲法や報道の自由を守り抜こうとした。文筆家の団体やフリージャーナリストたちも足並を揃えた。野党も法案の成立を阻止したがっていたことは間違いない。

そうした時期に、わざわざマスコミの経営権を握りたがる理由は一つしか考えられない。

テレビや新聞を使って、政権の後押しをすることだろう。電波や活字の影響力は絶大だ。マスコミ全社を支配することができたら、言論はたやすく統制できるし、偏った思想を視聴者や読者に巧妙に植えつけることも可能だろう。

しかし、主要マスコミの経営権を得るためには天文学的な金が必要だ。一企業や広域暴力団がせっせとダーティービジネスに励んだところで、せいぜい数社の筆頭株主にしかなれないだろう。

そう考えると、超大物の政財界人、右寄りの政治団体、闇組織などが裏で何らかの支援をしていそうだ。ただ、まだ推測に過ぎない。

鬼丸はイヤフォンを嵌めたまま、堤に電話をかけた。

「今朝、電話で頼んだ件はどうなっています？」

「いま鬼丸ちゃんに電話しようと思ってたとこなんだ。『セキュリティーネット』の本社ビルは西新宿四丁目二十×番地にある。新宿中央公園の裏手だよ」

「左京の自宅は？」

「目白三丁目十×番地だ。妻の民江は四十七歳で、ひとり娘の紗和は二十三歳だよ。それからな、左京に犯歴はなかった」

「栃尾との接点は？」

「あったよ。左京の娘と栃尾の息子が同じ有名私立小学校で同級だったんだ。保護者会で父親同士が親しくなったんじゃねえのか」

「そうなのかもしれませんね。堤さん、ほかには？」

「残念ながら、わかったのはそれだけだ。しかし、おそらく左京には愛人（レコ）がいるだろう。富を摑んだ野郎は仕事だけじゃなく、女のほうも精力的だからな」

「そういう傾向はありますね」

「おれが左京の会社に張りついてやりてえとこだが、あいにく職務で夕方以降じゃないと、動けねえんだ」

「いいですよ。仁に動いてもらいますんで」

「そうかい。いまは、栃尾の事務所の近くにいるんだな？」

　堤が訊いた。

「そうです。大きな収穫がありましたよ」

「左京が栃尾の事務所を訪ねたのか？」

「そうじゃなく、栃尾が左京に電話をかけたんですよ」

　鬼丸は詳しい話をし、さらに自分の推測も語った。

「ちょっと陰謀がでかすぎやしねえか。マスコミを支配するなんてことは、現実にはできないと思うがな。やっぱり左京と栃尾は、取得株の高値買い戻しを狙ってるんじゃねえの？」

「マスコミ関係の株ばかり買い集めたことは、どう説明がつきます？」

「それは、東都テレビや東日本新聞社の株価がそれほど高くなかったからなんだろう」

「しかし、二人はローカル放送局や地方新聞社の株も手に入れたがってたんですよ。いくら株価が低くて買いやすかったとしても、マスコミ株ばかりを狙ってるのは何か意味があると思うんですよ」

「そう言われると、確かにマスコミ株に限定して買い漁ってることが気になってくるな。左京と栃尾が大物政治家や財界人と交友があるかどうか、ちょっと調べてみらあ」

「よろしく頼みます」

「鬼丸ちゃん、尹が放った二人組はきっとそっちをまた襲うな。あまり盗聴に気を奪られてると、危いことになるぜ」

「気をつけます」

鬼丸は通話を切り上げ、すぐ蛭田に電話をかけた。経過を手短に伝え、左京に関する情報収集を頼む。むろん、『セキュリティーネット』の所在地と左京の自宅も教えた。

「鬼丸さんは、まだ左京の面、知らないんですよね？」

「ああ。できたらデジタルカメラかスマホで左京はもちろん、妻と娘も盗み撮りしてくれないか」

「了解！　何かわかったら、すぐ連絡します」

　蛭田が先に電話を切った。

　鬼丸はロングピースを一本喫(す)ってから、尹(ユン)の会社に電話をかけた。受話器を取ったのは女性社員だった。

　鬼丸は取引会社の社員になりすまし、尹(ユン)の居所(いどころ)を探(さぐ)り出そうとした。しかし、相手は尹(ユン)が出張中だと答えただけで、詳(くわ)しいことは明かそうとしなかった。どうやら社長に口止めされているらしい。

　鬼丸はスマートフォンを麻の上着の内ポケットに戻し、イヤフォンから流れてくる物音や話し声に耳を傾けた。

　栃尾の声は、まったく聞こえない。書類に目を通しているのか。数人の社員が債務者に電話で金の催促(さいそく)をしている声だけが高い。

　ふと鬼丸は、マーガレットのことを思い出した。彼女は昼前にパリに出発した。搭乗前に電話で十分ほど話したのだが、マーガレットの声はなんとなく沈んでいた。成田空港まで見送りに行かなかった鬼丸の冷たさに、ある種の寂しさを覚えていたのかもしれない。

　午後五時を過ぎても、栃尾は外出する様子はなかった。

蛭田から連絡が入ったのは六時数分前だった。

「いま、『セキュリティーネット』の近くで張り込んでるんですが、自宅周辺で面白い話を聞きましたよ」

「どんな？」

「どうも左京は、かみさんと一年以上も前から家庭内別居状態らしいんです」

「浮気が原因で、夫婦仲がまずくなったのかな？」

「ええ、そういう話でした。左京は両刀遣い（バイセクシュアル）みたいで、若い女と美青年をひとりずつ囲ってるみたいなんですよ」

「欲張りな奴だ。愛人と美青年の名前や住まいは？」

「そこまではまだわからなかったんですが、その話は事実なんでしょう。奥さんが自宅前をうろついてた若い女を怒鳴（どな）りつけるとこを近所の連中が何人も見てたようですし、ダンサーをやってる美青年は左京と暗がりで抱き合ってたらしいんです」

「自宅のそばで抱き合ってたのか!?」

「ええ、そうみたいですよ。二人はキスこそしてなかったらしいんですけど、頬擦（ほおず）りし合ってたそうです。男とそんなことするなんて、おれには考えられないな。試合のとき、対戦相手と顔をくっつけたりすることがあるけど、そういうのとは全然違いますからね」

「そうだな。バイセクシュアルを変態と極（き）めつける気はないが、おれにも理解できないよ。それはそうと、左京の妻と娘の写真は？」

「母娘が一緒に庭に出てきたとき、デジカメでこっそり撮っておきました。娘の紗和は、はっとするほどの美人でしたよ。近所の連中の話だと、紗和は父親とよく似てるというから、左京が会社から出てきたら、すぐにわかると思います」

「左京をマークして、接触した人物をすべて隠し撮りしといてくれ」

　鬼丸は通話を切り上げた。

　それから数十分が経過したころ、雑居ビルの前に見覚えのあるベンツが停まった。運転席には岩戸が坐っていた。栃尾を迎えに来たのだろう。

　鬼丸は耳からイヤフォンを外し、受信機をグローブボックスに収めた。変装用の黒縁眼鏡をかけ、雑居ビルの出入口に視線を投げる。

　一分ほど過ぎたとき、岩戸があたふたと車を降りた。ベンツの後方を回り込み、後ろのドアを開けた。雑居ビルから栃尾が姿を見せ、ベンツに乗り込んだ。

　岩戸が急いで運転席に戻り、高級外車を走らせはじめた。

　鬼丸は尾行を開始した。

　ベンツはみゆき通りを直進し、中央通りと昭和通りを突っ切った。道なりに行けば、築地の料亭街にぶつかる。栃尾は料亭で誰かと会食することになっているのか。鬼丸はそう思いながら、慎重にベンツを追った。

予想は外れた。ベンツは築地四丁目交差点を右折し、晴海通りに出た。そのまま晴海方面に進み、晴海三丁目交差点を左折した。

数分走ると、晴海運河に架かった春海橋が見えてきた。

ベンツは橋の際で左に曲がり、運河沿いに数百メートル走って、護岸壁に寄せられた。

鬼丸は五、六十メートル後方にレンジローバーを停め、すぐにヘッドライトを消した。

ベンツから栃尾と岩戸が姿を見せた。二人は護岸壁のコンクリートの斜面を登り、運河側に降りた。モーターボートでも係留してあるのか。

鬼丸は車を降り、護岸壁に走り寄った。

運河に目をやると、左手に白いフィッシングクルーザーが舫われていた。

全長は二十メートルほどで、船室付きだった。船室の円窓から、トパーズ色の灯が淡く洩れている。

栃尾は甲板に立って、船室に何か声をかけていた。岩戸は岸壁のそばに立ち、紫煙をくゆらせている。フィッシングクルーザーの船室には、尹がいるのかもしれない。

鬼丸は護岸壁に沿いながら、白いクルーザーに近づいた。

ふたたび運河を覗き込むと、栃尾の姿は見当たらなかった。船室に入ったのだろう。

鬼丸は岩戸を組み伏せ、楯にする気になった。だが、すぐに思い留まった。

クルーザーの中に敵が何人いるかわからない。急いては事を仕損じる。

七、八分後、船室から二人の男が現われた。
栃尾と六十代後半の男だ。年配の男は頰骨が高く、目が細い。多分、尹だろう。

「尹さん、そういうことでひとつよろしく！」

「わかりました」

二人は握手をした。尹はクルーザーに身を潜めていたにちがいない。

栃尾が尹に背を向け、甲板から岸壁に降りた。

その直後、栃尾が吹っ飛んだ。銃声はしなかったが、頭部に被弾したことは明らかだった。岸壁の縁に倒れた栃尾は身じろぎ一つしない。

岩戸が何か言いながら、栃尾に走り寄った。

栃尾を抱き起こした瞬間、今度は岩戸の頭が銃弾で砕かれた。やはり、銃声は響かなかった。

岩戸は栃尾に折り重なる恰好で死んだ。鬼丸は目を凝らした。狙撃者の姿は見えない。

船室から若い男が現われ、舫い綱を解いた。別の男が機関室に飛び込み、エンジンを始動させた。

「おい、ちょっと待て！」

鬼丸は護岸壁越しに、甲板の男に言った。

相手は何も言わずに船室に消えた。フィッシングクルーザーが勢いよく走りだした。

鬼丸は護岸壁に沿って、無意識に駆けていた。クルーザーはみるみる遠ざかり、相生橋(あいおいばし)の手前で闇に呑(の)まれた。

栃尾と岩戸は尹(ユン)の手下に口を封じられたのか。それとも、左京と仲間割れしたのだろうか。どちらとも考えられる。

殺人現場には長くいられない。鬼丸は自分の四輪駆動車に駆け寄った。

第五章　怪物どもの悪謀

1

デジタルカメラのSDカードがパソコンに接続された。

鬼丸は煙草に火を点けた。自宅マンションの居間だ。栃尾と岩戸が何者かに射殺されたのは昨夜である。

蛭田がノートパソコンをコーヒーテーブルの中央に置き、鬼丸の横のリビングソファに坐った。午後四時過ぎだった。

待つほどもなく、ディスプレイに左京の妻と娘が映し出された。動画だ。左京夫人は気の強そうな印象を与える。娘の紗和は際立って美しい。

「二人は庭木を植え替える相談をしてました」

蛭田が報告した。

たな」

「ええ。きれいなだけじゃなく、頭もよさそうでしたよ。それに、ナイスバディでもあっ
「なんとかなるものなら、なんとかしてみたいか？」

「ええ、それはもう！　けど、おれなんかは相手にしてもらえないでしょうね」

「だろうな」

「はっきり言うなあ」

「おまえにお上手言っても始まらないからな」

鬼丸は苦笑しながら、煙草の灰を指先ではたき落とした。

映像が変わった。『セキュリティーネット』本社ビルの地下駐車場から、薄茶のジャガーが出てくる。ステアリングを捌いているのは五十年配の男だ。いかにも切れ者といった顔つきで、前髪に白いものが混じっている。

「ジャガーを運転してるのが左京涼太だな？」

「ええ、そうです。左京が会社から姿を見せたのは、午後七時過ぎでした。それから奴はまず愛人の大出季里子の自宅を訪ねて、二時間ほどマンションから出てきませんでした」

「その後、左京は自宅に？」

「いいえ、次は美青年のマンションに行きました。美青年の名は並木純弥です」

「エネルギッシュな男だな」

「おれもびっくりしましたよ。部屋を覗いたわけじゃないけど、左京は季里子と純弥の両方と寝たと思うな。五十一のおっさんだけど、精力絶倫ですよね?」

「そうなんだろうな」

鬼丸はディスプレイから目を離さなかった。

左京が三階建ての低層マンションの前にジャガーを駐め、階段を上がりはじめた。映像は揺れていた。撮影者の蛭田もステップを昇りはじめたからだろう。

低層マンションは杉並区内にあるらしい。歩廊の奥まで進んだ左京が二〇五号室のインターフォンを鳴らした。

ややあって、ドアが開けられた。二十五、六歳の派手な顔立ちの女が左京を部屋の中に迎え入れた。

「いまの女が二年ぐらい前から左京に囲われてる大出季里子です。マンションの入居者の話だと、左京は週に二度ぐらいの割で季里子の部屋を訪ねてるそうです。訪ねる曜日は、まちまちだとか」

蛭田が言った。

「季里子は仕事に就いてないのか?」

「ええ、そうみたいですよ。以前はレースクイーンか何かしてたようですがね。左京から、お手当をたっぷり貰(もら)ってるんでしょう」

「そうなんだろうな」

鬼丸は短くなった煙草をクリスタルの灰皿の底で捻(ひね)り潰(つぶ)した。

また、画像が変わった。左京が色白の美青年に手を引かれて、マンションの一室に入っていった。

「部屋の主が並木純弥なんだな？」

「そうです、そうです。中性的な妖(あや)しさを漂わせてますよね？　多分、並木が女役(アンコ)なんでしょう。左京は季里子も囲ってるわけだから、男役(カッパ)専門なんだと思うな。『セキュリティーネット』の社長が心太(ところてん)で息を荒らげてると思うと、なんかおっかしいな」

「仁、心太って？」

「あれっ、物識(し)りの鬼丸(オニ)さんもご存じなかったか。ゲイたちの愛し合い方もいろいろあるらしいんですが、連中が心太(ところてん)と呼んでる体位がポピュラーなんだそうです。男役(カッパ)がオカマ掘りながら、女役(アンコ)のペニスを手でしごいてやるみたいですよ。ほら、心太は寒天(かんてん)を箱の中に入れて棒で尻(けつ)を押して、先から出すじゃないですか」

「なるほどな。それで、心太か」

「ええ。女役(アンコ)が敏感な場合は後ろから突かれるだけで、射精しちゃうそうです」

「おまえ、妙に精(くわ)しいな。隠れ二刀流だったか」

「よしてくださいよ、鬼丸さん！」

「冗談だよ。女にしか興味がないってことはわかってるさ。アメリカに住んでるころ、二人でよく女を引っかけに出かけたからな」

「そうでしたね。あのころの鬼丸さんはちょっと屈折してて、なんか怕かったな。シングルバーで知り合った赤毛のニューヨーク娘をトイレに連れ込んで……」

「そんなこともあったな。考えてみりゃ、ずいぶん荒んだ暮らしをしてたもんだ」

「鬼丸さんは当時、心に何か重いものを沈めてたんでしょ？」

蛭田が訊いた。

「どんな人間も、心に闇を秘めてるもんさ。それをいちいち他人に話したところで、どうなるもんでもない」

「すみません。おれ、ちょっと立ち入ったことを訊いちゃいましたね」

「いいさ。気にすんなって」

鬼丸は目で笑い、画面を見た。美青年の部屋を出た左京が映し出されていた。

「この後、左京は帰宅したんです」

「そうか。お疲れさん！　後で謝礼を渡そう」

「毎回、気を遣ってくれなくてもいいんですよ。おれ自身、けっこう愉しませてもらってるんですから」

蛭田がSDカードを抜き、パソコンを閉じた。

「きのうの夜、栃尾と岩戸を殺らせたのは尹か左京のどっちかだろう」

「鬼丸さんから昨夜の事件を聞いたとき、おれもそう思いました。尹はまた当分、別の場所に隠れる気なんじゃありませんか？」

「ああ、おそらくな。おれは季里子か並木のどちらかを人質に取って、左京を誘き出そうと考えてるんだ」

「どうせなら、二人とも引っさらっちゃえば？　世話してる愛人と同性のベッドパートナーを押さえられたら、左京は命令に逆らえなくなるでしょ？」

「そういう手もあったな。よし、おれは季里子の部屋に押し入る。仁は並木って美青年を押さえて、季里子のマンションに連れてきてくれ」

「了解！」

「堤さんも、ここに来ることになってるんだ。きのうの事件の情報集めを今朝早く電話で頼んだんだよ」

鬼丸は言って、ブラックコーヒーを啜った。蛭田がアメリカ煙草をくわえた。

数十秒後、インターフォンが鳴った。

鬼丸はソファから腰を上げ、玄関に急いだ。来訪者は堤航平だった。鬼丸は堤をリビングソファに坐らせ、マグカップにコーヒーを注いだ。

向かい合うと、堤が口を開いた。

「月島署で、少しばかり情報を入手してきたぜ。凶器は、旧ソ連製のドラグノフ狙撃銃と判明した。栃尾と岩戸を即死させた七・六二ミリ弾は、運河の対岸から発射されたこともわかった。犯人は複数の可能性もあるという話だったが、目撃者はいねえらしいんだ」

「旧ソ連製の狙撃銃が使われたとなると、尹が事件に関与してるんでしょうか」

「尹にとって、栃尾は非合法ビジネスの窓口だったわけだよな？」

「ま、そうですね。しかし、栃尾の後ろには左京がいると考えられるから、尹は完全に窓口を失ったわけじゃない」

「ということは、栃尾はそれほど重い存在じゃなかったわけか」

「そうですね。しかし、極上の覚醒剤を売り捌けるのは栃尾しかいないんですよ。左京は堅気だから、薬物を金に換えることはできない。いや、待てよ。左京は、破門やくざ集団を私兵として雇ってる。そいつらの口利きがあれば、覚醒剤の買い手は見つけられますね」

　鬼丸は呟いた。

「ま、そうだな。左京は、いろいろ失敗を踏んだ栃尾を始末しておかないと、鬼丸ちゃんや警察の手が自分に伸びてくると考えたのかもしれねえぞ。で、私兵の誰かを実行犯に選んだ。そうじゃねえとしたら、尹に頼んで工作員たちに栃尾と岩戸を片づけてくれといんじゃないのかな？」

蛭田が口を挟んだ。鬼丸は堤よりも先に言葉を発した。

「仁、いいことに気がついてくれたな。仮に左京が誰かに栃尾と岩戸を始末させたとしたら、わざわざ尹の知り合いの工作員たちを実行犯に仕立てたりはしないだろう。栃尾たちを撃ち殺せなかった場合は、ちょっと面倒なことになるからな」

「ええ、そうですね。だから、おれは昨夜の事件には尹は絡んでないような気がしてきたんです」

「おれも、そう思えてきたな。ただ、破門やくざ集団の中に腕っこきの狙撃者がいるとも……」

「左京は、まったく繋がりのない殺し屋を雇ったんじゃないのかな？」

「そうなんだろうか」

「おれ、一つだけ合点がいかないことがあるんですよ」

「それはどんなことだい？」

「殺された栃尾は関東仁友会の理事だったんですよね？」

「ああ。それが何か？」

「ほかの理事たちは当然、栃尾が一種のバーターで北朝鮮で精製された極上の覚醒剤を手に入れてたことは知ってるはずです。左京が栃尾を誰かに始末させたら、彼は関東仁友会を敵に回すことになりますよね？」

「そうだな」

「なぜ左京は、そんな危いことをしたんですかね。おれ、そこんとこがわからないんですよ」

蛭田が小首を傾げた。巨漢には似合わない仕種だった。

「それは、左京の背後に誰か大物が控えてるからだろう。関東仁友会なんか簡単に抑え込めるような大物がな」

「ああ、そういうことだったのか」

蛭田が納得した顔つきになった。堤が急に思い出した口調で言った。

「大物って言えば、左京は元首相の土橋良太郎の退院祝いのパーティーに出席してた。ほら、土橋が心臓の手術のために一カ月半ぐらい入院したことがあったろうが」

「この春先のことでしたよね？」

「そう。そのときの退院祝いパーティーに左京は出席してたんだ。ほかの財界人は超大物ばかりだったそうだぜ」

「ちょっと気になる情報ですね。左京は急成長した警備会社の社長といっても、経済界では小者に過ぎない」

「そうだな。土橋とは何か個人的なつき合いがあるのかもしれねえぞ。たとえば、ゴルフ仲間とか剣道仲間とかさ」

「そうなんでしょうか。まさか土橋が黒幕だったなんてことは……」

「鬼丸ちゃん、そいつは考えられねえよ。土橋良太郎は民自党の最大派閥のボスだぜ。年間六千億円近い政府開発援助の無償貸与金を日本企業に吸い上げさせ、口利きビジネスに励んでるなんて黒い噂もあるが、超大物政治家だからな」

「そうですね。景気対策でしくじって首相の座を失っちまったが、外務官僚を顎で使ってた子分の議員なんかとは器が違う。政治的な野心は強いだろうが、暴力団を使うような真似はしないでしょう」

「おれも、そう思うよ。左京のバックに大物政治家がいるとしても、元首相よりも格下の人物だろうな」

「旦那、栃尾の亡骸はまだ東京都監察医務院に？」

「いや、もう遺体は自宅に搬送されたよ。今夜は、仮通夜が執り行われるって話だったな」

「堤さん、時間の都合がついたら、栃尾の自宅に行ってもらえませんか？」

「弔問客のチェックをしろってことだな？」

「そうです。おれと仁は、左京の愛人たちを人質に取ることになったんですよ」

鬼丸は堤に計画を明かしはじめた。

2

留守らしい。

鬼丸はそう思いながらも、もう一度インターフォンを鳴らした。大出季里子の部屋だ。

低層マンションは高円寺にある。商店街から、少し奥に入った場所にあった。

鬼丸は二〇五号室のドアに耳を近づけた。

浴室から給湯器の発信音が聞こえる。湯を張り終えたというサインだ。人の動く気配は伝わってこない。どうやら左京の愛人は風呂の給湯予約スイッチを入れてから、近所に買物に出かけたようだ。

鬼丸は、さりげなく歩廊を見た。人の姿はなかった。

サンドベージュの上着のポケットから布手袋と万能鍵を摑み出し、二〇五号室のドア・ロックを解いた。素早く玄関に入り、内錠を掛ける。

鬼丸はシューズボックスの奥に自分のローファーを隠し、部屋の奥に進んだ。

間取りは2LDKだった。居間を挟んで二つの居室がある。右側が寝室で、左側は六畳の和室だ。

もう午後五時を回っていた。部屋の中は薄暗い。だが、電灯は点けなかった。

鬼丸はリビングソファに腰かけ、季里子が帰宅するのを待ちはじめた。

それから数分が流れたころ、懐でスマートフォンが打ち震えた。鬼丸はスマートフォンを摑み出し、右耳に当てた。

「おれだよ」

発信者は毎朝タイムズの橋爪だった。

「先日はどうも……」

「そんなことより、栃尾が殺られたのは知ってるよな?」

「ええ」

「鬼丸君は、どう筋を読んでるんだ?」

「仲間割れがあったのかもしれませんね」

鬼丸は、ぼかした答え方をした。

「共犯者は左京涼太と見てるんだろ?」

「ええ、まあ」

「左京が殺し屋に栃尾と運転手兼ボディーガードの岩戸を始末させたんだとしたら、『セキュリティーネット』の社長の後ろには、かなりの大物がいるな」

「なぜ、そう思われたんです？」

「栃尾は関東仁友会の理事のひとりだったんだぜ。左京ひとりじゃ、とても広域暴力団に喧嘩を売るような真似はできないだろう。鬼丸君、そう思わないか？」

「思いますが、左京がそんな大物とつき合いがあるとも考えにくいですね」

「ちょっと左京涼太の交友関係を調べてみたんだが、大手広告代理店の『昭広エージェンシー』の大滝道倫社長とは兄弟のように親しくつき合ってることがわかったんだ」

「兄弟のように？」

「そうなんだ。二人の父親が大学のボート部で一緒だったということで、両家は家族ぐるみのつき合いをしてるらしいんだよ」

「大滝社長は幾つなんです？」

「五十七歳だよ。左京とは六つ違いだが、二人は子供のころから兄弟同様につき合ってきたようなんだ」

「そうですか」

「ついでに、もう一つ教えてやろう。『昭広エージェンシー』の元社員で、広告デザイン事務所を経営してる横森敏行という男が東日本新聞社の株を買い漁ってるんだ。その横森は、大滝にかわいがられてるという情報も摑んだんだよ」

「横森という男の事業はうまくいってるんですか？」

「景気はよくないみたいだな。去年まで三十人以上いた社員が、いまは二十人以下に減ってしまってるからな」

「そういう状態なら、とても東日本新聞社の株を買い漁るなんてことはできないでしょ？」

「株の購入資金は、『昭広エージェンシー』の大滝社長から流れてるんだろう。すでに正体不明の仕手グループが東日本新聞社の株を七百万株ほど取得してるが、そっちの資金もおそらく大滝から出てるんだと思うな」

橋爪が言った。

「要するに、左京と栃尾の二人を背後で操ってたのは大滝社長なのではないかと？」

「そう。おれは、そう睨んでる。大滝の周辺取材をしはじめてるんだが、かなりの野望を抱いてるようなんだよ」

「どんな野望を持ってるんです？」

「大滝は酔うと、側近たちにメディアを支配できれば、業界三位から一気に一位になれると力説するらしい。最大手の二社を追い抜くには、それしか方策がないとも言ってるそうだよ」

「そうですか。しかし、大手広告代理店が汚れた金を関東仁友会に都合つけさせたりしたら、企業イメージに傷つくでしょ？」

「ああ、それはな。だから、大滝社長は役員たちには無断でマスコミ関連会社の株をダミーらに買い集めさせてるんだろう」

「大滝が首謀者だとしたら、麻薬ビジネスのほかにも何かダーティーなことをやってそうだな。そうでもしなければ、巨額な株購入資金は工面できないでしょうからね」

「そうだろうな。鬼丸君、どんなことが考えられる？」

「たとえば、巨大商社のコンピューターシステムにハッキングして、企業秘密を盗み出し、それを恐喝材料にしてるとか」

「左京は警備会社をやってるわけだから、大手商社、銀行、電力会社、航空会社とセキュリティ契約してる。『セキュリティーネット』の社員たちが得意先のシステムに近づいても別に怪しまれない。その気になれば、パスワードも盗めるよな？」

「そうでしょうね」

「鬼丸君、政財界人の下半身スキャンダルも金になるんじゃないか？」

「ええ、なるでしょうね。おれがアメリカで暮らしてたとき、投資顧問会社を潰してしまった男が成功者たちを次々に拉致して、大量の幻覚剤を服ませ、コールガール猟奇殺人事件の加害者に仕立てて、それを強請のネタにしてたケースがありました」

「幻覚剤を服まされた男たちは、実際にはコールガールなんか殺害してなかったんだな？」

「その通りです。犯人が予めコールガールの乳房や性器を刃物で抉り取って、その死体を監禁した男たちの部屋に投げ込み、ビデオ撮影したんですよ。もちろん、成功者たちに血みどろのナイフを握らせてね」

「拉致された連中はラリってるときに自分がコールガールを殺してしまったと思い込み、脅迫者に金を払ってたわけか」

「ええ、そうです。似たような手口で、政財界人から多額の口止め料をせしめることは可能でしょうね」

鬼丸は言った。

「おたくの推測、当たってるかもしれないな。ところで、鬼丸君も何か情報を提供してくれよ。な、頼む！」

「その後、何も手がかりは摑んでないんですよ」

「また、いつもの手を使うのか。おい、汚いぞ」

「別に何かを隠してるわけじゃありません。本当に新しい情報は何も……」

「まいった、まいった。いいよ、もう鬼丸君は当てにしない」

橋爪が乱暴に電話を切った。

鬼丸はアイコンをタップした。すると、すぐに着信ランプが灯った。発信者は、『シャングリラ』の奈穂だった。

「きのう、お店に出てこなかったけど、先生、まだ体調がすぐれないんですか？」

「うん、ちょっとね」

「理由はそれだけ？」

「どういう意味なのかな？」

「わたしが先生を好きだって告白したことで、何かうっとうしくなったんじゃないですか？」

「それは気を回し過ぎだよ。そんなことはないって」

　鬼丸は言った。

「ほんとね、先生？」

「ああ」

「よかった。わたし、てっきり先生に嫌われちゃったんじゃないかと悩んでたんです」

「それは被害妄想だよ」

「ええ、そうだったようですね。先生、今夜はお店に出られそう？」

「ちょっと無理そうだな。後で御木本先輩に連絡しておくよ」

「そう。先生、早く元気になってくださいね。わたし、先生の顔を見ないと、なんか寂しくって。それじゃ、どうかお大事に！」

　奈穂の声が熄んだ。

鬼丸は『シャングリラ』のオーナーに電話をかけた。留守録モードになっていた。御木本は交際中の女性とベッドで睦み合っているのかもしれない。鬼丸は短いメッセージを入れ、電話を切った。

数秒後、玄関のドアを開閉する音がした。

鬼丸はソファから立ち上がり、和室の中に隠れた。待つほどもなく、季里子がダイニングキッチンに姿を見せた。

白っぽいワンピースを着ていた。映像よりも若々しく見える。季里子はスーパーマーケットの袋から冷凍食品だけを取り出し、手早く冷蔵庫の冷凍室に入れた。

それから左京の愛人は居間の電灯を点け、カーテンでサッシ戸を塞いだ。鬼丸は襖の陰から居間を覗いた。

季里子が寝室に足を踏み入れた。

ドアは開け放たれたままだった。季里子がダブルベッドの横で、ワンピースを脱いだ。ブラジャーも外した。夕食前に風呂に入るつもりなのだろう。

鬼丸は和室を出た。

抜き足で居間を横切り、八畳ほどの寝室に入る。気配で、季里子が振り向いた。乳房は、交差された両腕で隠されていた。

「だ、誰なの⁉」

「自己紹介は省かせてもらう。迷惑な話だろうが、勝手に部屋に上がらせてもらった」

「どこから侵入したの？」

「玄関から堂々と入らせてもらった。大声を出したら、きみは大怪我することになるぞ」

「刃物か何か隠し持ってるのね？」

「懐に呑んでるのは、中国製のトカレフのノーリンコ54だよ」

「け、拳銃なんか持ってるの⁉ お金が欲しいんだったら、すぐに差し上げます。だから、撃たないで！」

「おれは押し込み強盗じゃない。きみのパトロンの左京涼太をここに誘き寄せる目的で、無断で入らせてもらったんだ」

「わたしが彼の世話になってること、どうして知ってるの⁉ あなた、探偵さん？ ううん、そうじゃないわね。探偵がこんなことはしないもの。やくざじゃなさそうだし、刑事でもない感じね」

「身許調査にはつき合えない。撃たれたくなかったら、とりあえずベッドの上に俯せになってくれ」

鬼丸は右手を上着の中に突っ込み、目に凄みを溜めた。

季里子が怯えた表情でベッドに這い上がり、ペイズリー模様のベッドカバーの上に俯せになった。パンティーは真珠色だった。ヒップは、つんと突き出ている。プロポーションは悪くない。

「こっちの質問に正直に答えないと、人生設計が狂うことになるぞ」

「知ってることは全部、喋るわ。あなた、彼に何か恨みがあるのね？」

「訊かれたことに答えればいいんだ」

「ご、ごめんなさい」

「左京が東都テレビや東日本新聞社の株をダミーを使って大量に買い漁ってたことは知ってるか？」

「いいえ、知らないわ。彼、ビジネスに関する話はまったくしないから」

「そうなのか。左京が『昭広エージェンシー』の大滝道倫社長と兄弟のように親しくつき合ってることは？」

「そのことは知ってるわ。子供のころから大滝家とは家族ぐるみでつき合ってきたから、親戚みたいなもんだと言ってた」

「きみは、大滝と会ったことがあるのか？」

鬼丸は問いかけた。

「三回、ううん、四回会ってるわ。左京さんに連れられて、川奈にゴルフをしに行ったの。それで、大滝社長と一緒にコースを回ったことがあるのよ」

「そうか」

「とっても紳士的な方で、ユーモアのセンスもあるの。二人が、あなたを何かで苦しめたのね？」

「余計な口はきくなと言ったはずだ」

「あっ、いけない！」

季里子が首を竦めた。

そのとき、鬼丸のスマートフォンが震動した。電話をかけてきたのは蛭田だった。

「いま大出季里子のマンションの前に車を停めたとこです」

「首尾は？」

「上々です。助手席で、並木純弥が震えてますよ。そちらはどうです？」

「予定通りに事が進んでる。もう二〇五号室の中にいるんだ」

「それじゃ、イケメンをそっちに連れていきます」

「ああ、頼む。ドアの内錠は外しておく」

鬼丸は電話を切ると、季里子に顔を向けた。

「おれの相棒が、この部屋に左京のもうひとりの愛人を連れてくる」

「えっ、わたしのほかに女がいたの⁉」

「女じゃない。並木純弥という名のイケメンだよ」

「嘘でしょ⁉」

季里子が声を裏返らせた。

「きみのパトロンは両刀遣(づか)いなんだよ」

「そ、そんな⁉　信じられなーい！」

「ドア・ロックを外しに行くが、少しでも動いたら、ノーリンコ54の引き金を絞ることになるよ」

鬼丸は季里子を脅して、玄関ホールに急いだ。シリンダー錠を起こし、急いで寝室に戻る。

季里子は同じ姿勢でベッドの上にいた。

「さっきの話、嘘(うそ)よね。だって、彼は両刀遣(バイセクシュアル)いって感じなんか、まるで見せなかったもの。いかにも女好きって感じで、わたしの体をねっちりと舐(な)め回して……」

「左京は、自分がバイセクシュアルであることをきみに覚(さと)られたくなかったんだろう。並木という美青年には、女の愛人なんかいないような顔をしてたにちがいない」

「そうなのかしら？　彼が男とも愛し合ってたと考えると、わたし、なんだか複雑な気持ちになるわ」

「だろうな」

鬼丸は口を結んだ。

それから間もなく、二〇五号室のドアが開けられた。巨身のデス・マッチ屋が美青年の利き腕を捩上げながら、寝室に入ってきた。

「こいつが並木です」

「なかなかのイケメンだな」

「ここは、どこなんです？」

並木が鬼丸におずおずと訊いた。

「左京の愛人のマンションさ。ベッドの上にいる女は、大出季里子というんだ」

「ちょっと待って。左京さんは同性しか抱けないはずよ」

「急に女言葉になったな。左京はバイセクシュアルなんだ」

「ま、まさか⁉」

「あんたたち二人は、うまく左京に騙されてたようだな」

鬼丸は言って、蛭田に目配せした。蛭田が並木を床に突き転がし、Tシャツとジーンズを剝いだ。並木は紫色のビキニブリーフを穿いていた。

「何するのよっ。お尻を狙ったりしたら、嚙みつくからね」

「おれは同性愛者じゃないから、安心しな」

蛭田が並木を軽々と抱きかかえ、ダブルベッドの端に腰かけさせた。季里子の足許だった。

「あんたたち、なに考えてるのよっ」

並木が喚いた。

「左京の愛人同士が初めて対面したんだ。せっかくだから、記念の動画を撮ってやろう」

「記念の動画ですって!?」

「そうだ」

蛭田が綿ジャケットの右ポケットからデジタルカメラを取り出し、並木のかたわらに季里子を並ばせた。二人は一瞬だけ互いの顔を見たが、すぐに視線を外した。

蛭田は動画撮影すると、季里子に命じて映像をパソコンで左京に送信させた。蛭田と季里子が寝室に戻ってきてから、鬼丸は左京に電話をかけた。

「面白い動画は、ちゃんと届いてるな？」

「な、何者なんだ!?」

「あんたが晴海運河で、栃尾と岩戸を殺し屋に始末させたんじゃないのかっ。これからは、あんたが尹との闇取引の窓口になるってことなのか？　首謀者は、あんたが兄のように慕ってる『昭広エージェンシー』の大滝道倫社長なのかっ」

「なんの話なのか、わたしにはよく理解できないね」

「いまから一時間以内に、季里子の部屋にひとりで来い」

「……………」

左京は返事をしなかった。鬼丸は腕時計に目を落とした。六時半だった。

「七時半までに来なかったら、あんたが両刀遣いで男と女の愛人をそれぞれ囲ってることを奥さんの民江と娘の紗和にバラす。それから、社員たちにも教えてやろう」

「そんなことはやめてくれ。どういうことなのかよくわからないが、七時半までには必ず季里子の部屋に行くよ」

左京が弱々しく言い、電話を切った。

「おまえたちは同じパトロンに愛されてるんだから、この機会に仲良くなれよ」

蛭田が並木と季里子を等分に見ながら、そう言った。

「それ、どういう意味なの？」

「とりあえずパンティーを脱いで、仰向けになってくれ」

「わたしとこの男にセックスを強いるつもりなのねっ」

「そこまで酷な要求はしないよ。シックスナインをしてくれるだけでいい」

「冗談じゃないわ」

季里子が言った。その語尾に並木の声が被さった。

「わたし、女が嫌いなのよ。オーラルセックスなんか、絶対にしないわ！」

「なら、おまえの両腕をへし折ってやる」

蛭田が並木にヘッドロックを掛け、床に捻り倒した。背を膝頭で押さえつけられると、並木は早口で言った。

「腕を折らないで」

「だったら、言われた通りにするんだな？」

「やるわよ。やればいいんでしょ！」

「早くやりな」

蛭田が立ち上がって、並木の腰を蹴った。

並木が身を起こし、ビキニブリーフを細い腰から引き剝がした。分身は意外にも大きかった。

「ゲイとシックスナインなんかやれないわ」

「こっちだって、やりたかねえよ。けど、仕方ねえだろうが！」

並木が男言葉で苛立たしげに吼え、季里子のパンティーを荒々しく脱がせた。季里子は逃げる前に、顔面を並木の股間で覆われた。

並木は季里子の股ぐらに顔を突っ込み、舌を閃かせはじめた。季里子は観念し、並木の性器に舌を伸ばした。

「保険の動画を撮っときます」

蛭田がベッドの横に片膝をつき、デジタルカメラを構えた。

鬼丸は居間に移り、ソファに腰かけた。十分ほど経つと、蛭田が寝室から出てきた。

「あの二人、気分を出しはじめたようです」

「好きなようにやらせておこう」

鬼丸は煙草に火を点けた。蛭田が向かいのソファに坐った。

その直後、季里子が淫らな呻き声を洩らした。並木も息を弾ませていた。

少し経つと、ベッドの軋み音が寝室から生々しく響いてきた。

「凄いハードアップね。若い男のほうが、やっぱり……」

「左京のパパよりも、いいの？」

「ええ、比較にならないほどよ」

「ぼくも深く感じてきた」

「そう。ね、どうして女嫌いになっちゃったの？」

「中三のとき、家庭教師の女子大生に誘惑されて初めてセックスしたんだけど、結合と同時に終わっちゃったんだ」

「それで、相手にばかにされちゃったのね？」

「そうなんだよ。そんなことがあったんで、なんとなく女嫌いになってしまったんだ」

「女とこうするほうが、ずっと自然よ。そうは思わない？」

「そう思いはじめてるよ」

二人は戯言を交わし合うと、獣のような声をあげはじめた。

やがて、並木は果てた。しかし、どちらもベッドから降りる様子はなかった。

「鬼丸さん、どうします？」

「左京が来るまで、二人を好きなようにさせといてやろう」

「そうですね。それはそうと、左京はこのマンションに来ると思います？」

「五分五分だな。左京が来ない場合は、おそらく刺客がやってくるんだろう」

「おれも、そう思います」

蛭田が言った。

そのとき、寝室から季里子の喘ぎ声が洩れてきた。二ラウンドめが開始されたのだろう。

「この調子じゃ、ベッドの二人が恋人同士になるのは時間の問題だな」

「そんな感じですね。図らずも、おれは恋のキューピッド役を果たしたってわけか」

「そうなるかもしれないな」

鬼丸は笑った。

寝室の情事は、いっこうに終わりそうもない。そうこうしているうちに、約束の七時半を過ぎてしまった。

「左京の代わりに、殺し屋がやってくるんだろう。仁、敵を迎え撃とう」

「ええ」

二人は、ほぼ同時に勢いよく立ち上がった。

3

黒ずくめの男が階段の途中で手袋を嵌めた。

殺し屋と思われる。二階の踊り場にいた蛭田が、ぬっと現われた。その巨身にたじろいだのか、黒ずくめの男はステップの途中で足を止めた。

階段の昇り口の近くに身を潜めていた鬼丸は、勢いよく飛び出した。

気配で、黒ずくめの男が振り向いた。

ほとんど同時に、蛭田が階段を駆け降り、怪しい男を蹴った。男はバランスを崩し、ステップを二段跳びに降りてきた。

鬼丸は待ち構え、相手の胃袋に強烈なパンチを見舞った。拳が深く埋まる。

黒ずくめの男が前屈みになった。一気に階段を下ってきた蛭田が、男を羽交いじめにした。

鬼丸は相手の体を探った。

ベルトの下に、サイレンサー付きのグロック26を差し込んでいた。オーストリア製の高性能拳銃だ。弾倉には九ミリ弾が十発しか入らないが、予め初弾を薬室に送り込んでおけば、フル装弾数は十一発になる。

鬼丸はグロック26を奪い、トリガーに指を掛けてセーフティー・ロックを解除した。消音器の先端を黒ずくめの男に向ける。

「左京に雇われたんだなっ」

「おれを撃つ度胸があるのか？」

「はぐらかすな。どうなんだっ」

「何も喋らねえぞ、おれは」

男が挑むように言った。

鬼丸は相手の心臓部にサイレンサーの先を押し当てた。黒ずくめの男は鼻先で、せせら笑っただけだった。

「ここじゃ、危いでしょ？　この野郎を二〇五号室に引きずり込みましょう」

蛭田が怪力で、男を踊り場まで引っ張り上げた。季里子の部屋の浴室に押し込む。

「そっちは寝室の二人が騒ぎ出さないようにしてくれ」

鬼丸は蛭田に言って、黒ずくめの男を洗い場のタイルの上に坐らせた。胡坐だった。

「破門やくざ集団のメンバーなのか？　それとも、一匹狼のヒットマンなのかっ」

「好きなように考えてくれ」

「ふざけるな」

「撃てねえんだろ？　人をシュートするには、それなりの覚悟がいるからな」

「どこから撃つか」

鬼丸は引き金に人差し指を深く巻きつけた。

そのとき、黒ずくめの男がスラックスの裾に手を突っ込んだ。足首に予備のデリンジャーを固定してあるのか。

鬼丸は相手の顎を蹴り上げた。

男が引っくり返った。その右手には、コマンドナイフが握られていた。

「刃物を捨てろ！」

「撃ってみやがれ」

男が喚いて、跳ね起きた。ナイフが斜めに閃く。切っ先が鬼丸の脚を掠めそうになった。一瞬、心臓がすぼまった。

鬼丸は、また蹴った。

狙ったのは相手の右腕だった。コマンドナイフが洗い場に落ちる。

男が刃物に利き腕を伸ばした。鬼丸は相手の右手首に九ミリ弾を浴びせた。発射音は小さかった。男が唸って、体を丸める。タイルの上に鮮血が滴りはじめた。

鬼丸は屈み込んで、コマンドナイフを左手で拾い上げた。すぐに刃先を相手の後ろ首に密着させる。

「手加減しないぞ。左京に言われて、ここに来たんだなっ」

「さあな」

男が言った。

鬼丸は無造作にナイフを滑らせた。黒ずくめの男が唸り声を発した。首に十センチほど赤い線がにじむ。鮮血だ。

「てめえーっ」

「おまえの名は？」

「千葉(ちば)ってんだ」

「元やくざなのか？」

「まあな。その前は自衛隊にいたんだが」

「栃尾と岩戸をドラグノフ狙撃銃で仕留(しと)めたのは、そっちらしいな」

「………」

「答えろ！」

鬼丸は声を張った。

「そうだよ」

「殺しの依頼人は左京だなっ」

「まあな」

「左京は『昭広エージェンシー』の大滝社長と共謀して、マスコミを支配する気でいるんだろう？」

「そんなことは知らねえよ。おれは金で殺しを引き受けただけなんでな」

「もう一発ぶっ放してやろう」

「撃つな。おれは嘘なんか言ってねえ」

千葉が震え声で訴えた。

そのとき、蛭田が浴室にやってきた。

「並木と季里子は寝室に閉じ込めておきました。二人ともビビってるから、大声を出したりしないと思うな」

「この男を見張っててくれ」

鬼丸は蛭田にグロック26とコマンドナイフを手渡し、左京に電話をかけた。

「千葉君か？」

左京が先に喋った。

「ヒットマンは血を流して唸ってるよ。千葉って奴があんたに頼まれて、栃尾と岩戸を射殺したことを吐いた」

「わたしは関わってない」

「往生際（おうじょうぎわ）が悪いな。千葉を警察に突き出せば、あんたは確実に逮捕されることになる。そのうち、大滝も手錠を打たれるだろう」

「…………」

「すぐに季里子の部屋に来るんだ。いいな！」

鬼丸は言った。

左京が無言で電話を切る。私兵どもを送り込む気になるかもしれない。

「そいつを歩けないようにしてくれ」

鬼丸は蛭田に指示した。

蛭田がしゃがみ込み、千葉の両腿（りょうもも）に無造作にコマンドナイフを突き立てた。黒ずくめの刺客が動物じみた唸り声をあげた。

「作戦を変えよう」

鬼丸はそう言い、右手を差し出した。

蛭田がサイレンサー付きの自動拳銃を鬼丸の掌（てのひら）に載（の）せた。それから彼は、血塗（まみ）れのコマンドナイフを浴槽（よくそう）の中に落とした。

鬼丸たちは二〇五号室を出て、低層マンションの階段を駆け降りた。

ちょうど路上に出たとき、鬼丸のスマートフォンが震動した。

「おれだよ」

発信者は堤だった。

「何か収穫はありましたか？」

「栃尾の仮通夜に、あの吉村謙作の代理の者が顔を出したんだ」

「ほんとですか⁉」

思わず鬼丸は確かめた。七十八歳の吉村は政界のフィクサーとして、つとに知られた人物だった。右翼の論客で、民自党の元老たちの相談役のような存在だ。

「吉村は黒い勢力と結びついてるが、殺された栃尾は関東仁友会の理事のひとりに過ぎない。花か供物を届けさせることぐらいはするだろうが、わざわざ使いの者を仮通夜に赴かせるのは、ちょっと……」

「義理堅すぎるな」

「ああ。鬼丸ちゃん、もしかしたら、左京や大滝たちの背後に吉村謙作が控えてるのかもしれねえぞ。どう思う？」

「有事法制関連三法や個人情報保護法案の骨子を練ったのは吉村だと噂されてたし、彼はマスコミが左寄りだとよく非難してました。新聞社やテレビ局の経営権を得て、言論統制をし、右寄りの考えを読者や視聴者に植えつけたいと企んだんだろうか」

「考えられそうだな。闇のフィクサーの陰謀に加担して、『昭広エージェンシー』の大滝社長はメディアに進出するという野望を遂げようとしたんじゃねえのか。左京は吉村や大滝に恩を売っといて損はないと算盤をはじいたんだろう」

「堤さん、ちょっと待ってください。吉村謙作が仮に黒幕だとしたら、代理人を栃尾の弔問に行かせるのは無防備だと思うんですよ。わざわざ周囲の者に自分と汚れ役を引き受けた栃尾との関係を教えるようなもんでしょ？」

「吉村なりの計算があったんじゃねえのかな。側近を仮通夜に行かせることによって、疑惑の目が自分に注がれるのを避けようとした。そうは考えられねえか？」

「そうだったとしたら、フィクサーは栃尾と尹の間に何かトラブルがあったと触れ回るつもりなのかもしれませんね。そして、栃尾のやった非合法ビジネスには自分はまったく関与してないと……」

「ああ、考えられるな」

「大滝や左京は弔問に現われてないんでしょ？」

「いまんとこはな」

「尹は？」

「来てねえ。あっ、いま車から降りたのは、『昭広エージェンシー』の大滝社長だ。大滝の顔写真を週刊誌のインタビュー記事で見たことがあるんだよ。うん、間違いねえ」

堤が言った。

「旦那、大滝を尾行してもらえます？」

「いいとも。そっちはどうなんだ？」

「左京は刺客を送り込んできました」

鬼丸は経過をつぶさに語った。

「二人の愛人を見捨てたわけか。しかし、まだ手はあるぜ。鬼丸ちゃん、左京のひとり娘を拉致しちまえよ。そうすりゃ、左京も下手なことはできねえだろう」

「実は、そうしようと考えてたんですよ」

「そうかい。現職警官のおれが大きな声で言うのはまずいんだが、効果はあるはずだよ」

「これから仁と一緒に左京の自宅に行ってみます」

「何か動きがあったら、連絡するよ」

堤が通話を切り上げた。

鬼丸と蛭田はそれぞれの車に乗り込み、左京の自宅に向かった。いくらも走らないうちに、鬼丸は不審な灰色のステーションワゴンに尾行されていることに気づいた。後続を走っている蛭田にスマートフォンで、そのことを伝える。

「やっぱり、鬼丸さんもそう思いましたか。おれもそんな気がしたんで、そのことを電話で教えようと思ってたんですよ」

「そうか。仁、ステーションワゴンにはどんな奴が乗ってる？」

「野郎が二人乗ってますが、暗くて顔かたちははっきりしません」

「だろうな。さて、どうするか」

「人気のない場所に誘い込んで、尾行してる奴らをぶちのめしましょうよ。こっちはサイレンサー付きの自動拳銃を持ってるわけだから、いざとなったら、グロック26を使えばいいでしょ？」

「そうしよう。仁、おれの車にぴったり従いてきてくれ」

「了解！」

電話が切れた。

鬼丸は車のスピードを上げた。黒いマスタングも加速した。ステーションワゴンは執拗に追尾してくる。住宅街を走り抜けると、建築資材置き場があった。かなり広い。門扉はなかった。

鬼丸は建築資材置き場の際にレンジローバーを停めた。マスタングが数メートル後方に停められた。

鬼丸と蛭田は相前後して車を降り、建築資材置き場に走り入った。

暗かった。鬼丸はグロック26を腰の後ろから引き抜いた。千葉から奪った拳銃だ。

マガジンキャッチのリリースボタンを押し、弾倉を銃把から引き抜く。鬼丸は指先で装弾を確認した。

弾倉を銃把の中に戻し、蛭田に声をかけた。

「仁、おまえは建材の陰に隠れてろ」

「おれ、素手でも闘えますすよ」

「敵を侮らないほうがいい。とにかく、おれの言う通りにしてくれ」

「わかりました」

蛭田がうなずき、奥まった場所に積み上げられた鉄骨の向こう側に身を隠した。鬼丸は門扉のそばの暗がりに走り入った。

車の停車音が響き、ドアの閉まる音がした。

少し経つと、二人の男が建材置き場に入ってきた。どちらも柄が悪そうだ。三十歳前後に見える。

片方は柄シャツを着て、白いスラックスを穿いていた。もうひとりは、黒っぽいスーツに身を包んでいる。破門された元やくざかもしれない。

柄シャツの男が銃身の短いリボルバーを懐から取り出した。背広姿の男は懐中電灯のスイッチを入れ、あちこちに光を向けた。

「おまえら、何者なんだっ」

不意に蛭田が鉄骨の山の向こう側で大声を張り上げた。

男たちは目顔で促し合って、積み上げられた鉄骨の両側に回り込んだ。鬼丸は二人の背後に迫った。

「武器を捨てないと、背中に銃弾を喰らわせるぞ」

「そっちにもいやがったのか」

柄シャツの男が舌打ちして、拳銃の撃鉄を掻き起こした。シリンダーが小さな回転音をたてた。

鬼丸は二人組の足許に一発撃った。

威嚇射撃だった。柄シャツの男がすぐに撃ち返してくる。銃声は重かった。

幸いにも、弾は当たらなかった。

鬼丸は身を伏せ、またもや引き金を絞った。二人の男は鉄骨の山の陰に逃げ込んだ。放った九ミリ弾は、どちらにも命中しなかった。

蛭田が気合を発しながら、鉄骨の山を押し崩した。

男たちが跳びのいた。鬼丸はグロック26を構え直した。そのとき、スーツを着た男が果実のような塊を鬼丸に投げつけてきた。

それは手榴弾だった。炸裂音が轟き、赤みを帯びた橙色の爆炎が拡がった。とっさに鬼丸は身を伏せた。

柄シャツの男が鬼丸に向けて一発撃った。

鬼丸は被弾しなかった。すかさず反撃する。撃った銃弾は、柄シャツの男の腰を掠めた。男が驚きの声をあげ、体をふらつかせた。

片割れが、鉄骨の向こう側にいる蛭田に手榴弾を投げつけた。派手な爆炎が上がった。

背広の男が仲間を支えながら、焦って走りだした。

鬼丸は二人の脚を狙って、たてつづけに二発放った。

しかし、どちらも撃ち損ねてしまった。もう弾はない。拳銃を捨てる。

蛭田の安否が気がかりだった。

鬼丸は崩れた鉄骨の向こう側に回った。蛭田が肘で上体を支えながら、低く唸っていた。

「仁、怪我したのか？」

「爆風で噴き飛ばされたとき、頭をコンクリートの土台にぶつけちゃったんですよ。でも、大丈夫です」

「そうか」

鬼丸は蛭田の片腕を摑んで、巨体を引き起こした。

「奴らを追いましょう」

「ああ」

二人は走りはじめた。道路に出ると、すでにステーションワゴンは見当たらなかった。

「間もなくパトカーが来るだろう。仁、ここから遠ざかろう」

「ええ。奴らは、左京の番犬どもなんでしょうね」

「おそらく、そうだろう。仁、急ぐんだ」

鬼丸は蛭田を急かして、自分の車に乗り込んだ。蛭田がマスタングの運転席に入る。

左京の自宅に着いたのは数十分後だった。

邸宅の前には、制服姿のガードマンがずらりと立っていた。鬼丸たちは左京邸を素通りし、裏通りに入った。

レンジローバーを路肩に寄せたとき、堤から電話がかかってきた。

「大滝は、渋谷区の高級住宅街にある吉村の邸に入ってったぜ。それからな、ほんの少し前に土橋良太郎を乗せた黒塗りのセンチュリーも吉村邸に吸い込まれていった」

「おれたちもそっちに回りますよ。左京の娘を拉致できそうもないんでね」

鬼丸は電話を切ると、いったん四輪駆動車を降りた。蛭田に予定を変更することを伝えるためだった。

4

裸身が眩い。

古ぼけた長椅子に横たわっているのは左京紗和だ。立川市の外れにある元生コンクリート会社の事務室だ。

鬼丸は喫いさしの煙草の火を消した。

栃尾が殺されてから、ちょうど一週間が経っていた。きょうの午後四時前に、ようやく左京のひとり娘を引っさらうことに成功したのである。

鬼丸は目白の住宅街の路上で散歩中の紗和に布に染み込ませたエーテルを嗅がせ、この廃工場に連れ込んだ。倒産した会社の元社長は、蛭田の知人だった。

紗和は、かすかな寝息を刻んでいた。もう間もなく彼女は意識を取り戻すだろう。

鬼丸は回転椅子から立ち上がり、スチール製デスクの上から結束バンドとペンチを取り上げた。結束バンドは、本来は電線や工具を束ねるときに用いられている。

その強度は針金以上だ。そんなことで、アメリカの警官や犯罪者たちは結束バンドを手錠代わりに使っている。

鬼丸は長椅子に歩み寄り、紗和の両手首と両足首を結束バンドで手早く縛り上げた。脱がせたブラウスとスカートを体の上に掛ける。乳房も恥毛も見えなくなった。

隣室から蛭田が戻ってきた。

「デジカメで撮った動画を父親に送信してきました」

「そうか。ご苦労さん」

鬼丸は懐からスマートフォンを取り出し、『セキュリティーネット』の代表番号をプッシュした。

ややあって、社長の左京が電話口に出た。

「娘のヌードはどうだった？」

「そ、その声は……」

「今度こそ、来てもらうぞ」

「紗和をどこに監禁したんだっ」

「立川市内の廃工場だ」

「娘には指一本触れないでくれ。もう逃げたりしないよ。廃工場のある場所を詳しく教えてくれないか。頼む！」

「メモの用意をしろ」

鬼丸は言って、所番地を告げた。

「五十分前後で、そっちに行く。いまは午後五時二十分過ぎだから、六時十分ごろには必ず行くよ」

「単身で来なかったら、気の毒だが、あんたの娘には死んでもらう」

「わかってる。何もかも話すから、紗和には何もしないでくれ。殺さないと約束してくれないか」

「そういう約束はできない。こっちは一度、あんたに騙されてるからな」

「今度は絶対に行くよ」

「とにかく、早く来い！」

「わかった」

　左京が電話を切った。

　鬼丸はアイコンをタップした。それを待っていたかのように、すぐ着信ランプが点いた。電話の主は堤だった。

「東京国税局で極秘資料を見せてもらったんだが、吉村が主宰してる政治経済研究所の銀行口座には六百億近い金がプールされてたぜ」

「金はどこから？」

「栃尾が社長をやってた『友和トレーディング』から三十二億円、『昭広エージェンシー』から二十七億円、それから土橋の政治団体からも十億円が振り込まれてた。残りは一流企業五十三社からの入金だった」

「企業からの入金は、口止め料なんじゃないですか？」

「おれも、そう睨んでる。吉村はかなりの資産家だったんだが、デリバティブとＦＸで大損して、個人資産は十億を切ってるはずなんだ」

「それなら、プール金の大半は企業恐喝で得た裏金なんでしょう」

「ああ、おそらくな。『セキュリティーネット』からの入金がないのは、左京が現金を直に吉村んとこに届けたからなんじゃないのか」

「ええ、そうなんでしょうね」

「鬼丸ちゃん、首謀者は吉村と考えてもいいと思うぜ。フィクサーの野望にいろんな人間が打算や思惑から加担する気になったんだろう」

「話を整理してみますね。吉村は有事法制関連三法案がすんなり国会で可決され、引きつづき個人情報保護法案、人権擁護法案、青少年有害社会環境対策基本法案のいわゆるメディア規制三点セットもスムーズに法文化されると楽観してた。しかし、反対派の声が高まり、雲行きが怪しくなった」

「そうだったな。そこで、吉村は何か手を打たなければと悪知恵を絞ったんだろう」

「でしょうね。吉村は関東仁友会の栃尾に北朝鮮から極上の覚醒剤を入手させ、それを売り捌かせた。その収益だけじゃ、東都テレビや東日本新聞社の株を買い占めることはできない。そこで、参謀格の大滝や左京に命じて、企業恐喝で巨額の口止め料を集めさせたんじゃないのかな？」

「おおかた、そんなとこなんだろう」

「吉村は土橋が率いる派閥の勢力拡大を企み、『昭広エージェンシー』にメディアを支配させようとしてるんじゃありませんか。マスコミをうまく操作すれば、時代の風潮や市民意識も変えられるかもしれませんので」

　鬼丸は言った。

「新聞やテレビを使って、吉村は一種の洗脳をやらかして、舵を右に大きく傾けてえんだろう」

「そうなんでしょう。吉村の歪んだ野望に元首相の土橋、大滝、左京、栃尾といった小判鮫たちが擦り寄って、おこぼれにありつこうとした。そういうことなんだと思います」

「鬼丸ちゃん、元首相の土橋が陰謀のシナリオを書いて、フィクサーの吉村を焚きつけた可能性はねえかな。土橋は自分の子分を早く次期の総理大臣にしたがってるように見えるぜ。もちろんマスコミには、そんなことは一言も洩らしちゃいねえけどさ」

「確かに土橋良太郎は、もうひと花咲かせたいと考えてるでしょう。しかし、力関係では吉村のほうが強いはずです。なにしろ、歴代の総理大臣たちが吉村を知恵袋にして、政局を乗り切ってきましたからね」

「けど、吉村の影響力は昔よりもだいぶ弱まってる感じだぜ」

「そういう印象はありますが、依然として吉村は政界を牛耳ってるんじゃないですか？」

「うむ」

　堤が唸った。

「旦那は元首相が黒幕だと推理したようですね？」

「推理というよりも、ただの勘だよ。土橋はにこやかな笑顔を売りものにしてるが、やってることは抜け目がねえからな」

「策士っぽいとこはありますが……」

「どっちが首謀者でもいいじゃねえか。こんなことで仲間揉めなんかしたくねえ」

「そうですね。こっちは、うまく事が運んでます。六時十分前後には左京が廃工場に現われるでしょう」

「それじゃ、おれは待機してらあ」

「左京が口を割ったら、吉村、土橋、大滝の三人に録音音声を聴かせます」

「そして、おれ、蛭田、玄内の三人が客人たちを迎えに行けばいいんだな？」

「ええ、そうです。後で連絡します」

鬼丸は電話を切った。

そのすぐ後、左京の娘が我に返った。

「ここはどこ？　あなたたちは何者なの⁉」

「きみに迷惑をかけたくはなかったんだが、やむを得なかったんだ。きみの父親にどうしても確かめたいことがあったんでね」

「父が何をしたと言うんです？」

「きみは知らないほうがいいだろう」

鬼丸は紗和に言って、デス・マッチ屋に目配せした。

蛭田が無言でうなずき、布にエーテル液をたっぷりと染み込ませた。

「また、わたしに麻酔液を嗅がせる気なのね⁉　そんなことはやめて！」

「父親の不様なとこは見ないほうがいいと思うよ」

蛭田が長椅子に近寄り、湿った布を紗和の口許に押し当てた。紗和は三十秒ほど低く唸っていたが、急に昏睡状態に陥った。

「いい女ですね」

蛭田が言って、椅子に腰かけた。鬼丸も回転椅子に坐った。

廃工場の電気も水道も、まだ使える状態になっていた。

六時になると、蛭田が事務室を出ていった。左京に番犬がついてくることを警戒して、様子をうかがいに行ったのだ。

鬼丸は一服してから、工場に移った。消波ブロックの型枠の横に立つ。頭上の巨大なミキサータンクの中には、すでに生コンクリートが詰まっている。
六、七分待つと、蛭田に片腕を摑まれた左京がやってきた。
「娘に、紗和に会わせてくれ」

「後で会わせてやる」

鬼丸は左京に言って、蛭田に合図した。

蛭田が巨身を屈め、細身の左京を肩に担ぎ上げる。左京がもがきはじめた。

「おい、何する気なんだ⁉」

「すぐにわかるよ」

蛭田が冷然と言い、型枠の底に左京を投げ落とした。左京が唸りながら、立ち上がった。

鬼丸は手早くスイッチボタンを押した。巨大なミキサータンクが回転し、注入管から生コンクリートが勢いよく吐き出されはじめた。消波ブロックの型枠の底に生コンクリートが少しずつ溜まっていく。

「わたしを生コンで固める気なんだなっ」

「知ってることを喋らなきゃ、あんたは生きたまま死ぬことになる」

鬼丸は左京に言って、上着のポケットからICレコーダーを取り出した。

左京がパニック状態に陥り、意味もなく型枠の中を回りはじめた。やがて、生コンクリートは左京の太腿まで達した。

「勘弁してくれーっ。まだ死にたくない」

「死にたくなかったら、喋るんだな」

鬼丸はミキサーのスイッチを切り、ICレコーダーの録音スイッチを入れた。

左京が恐怖に引き攣った顔で、陰謀の全容を明かしはじめた。

やはり、首謀者は吉村謙作だった。元首相はフィクサーに唆され、株の購入資金の一部を提供したらしい。

「汚れ役を引き受けた栃尾は、利用だけされて消されたのか？」

鬼丸は型枠の中を覗き込みながら、大声で問いかけた。

「吉村大先生は最初っから、そのつもりだったらしい。わたしは大滝さんに頼まれて、ほんの少し手を貸しただけなんだ」

「東都テレビの千二百五十万株はどこにある？」

「吉村大先生の政治経済研究所に保管してあるよ。一万株券で、千二百五十枚だ」

「東日本新聞社の株券も同じ場所にあるんだな？」

「そうだよ。早くここから出してくれ。生コンクリートが固まりはじめてるんだ」

左京が言いながら、腰を動かしはじめた。

「沼辺たち三人と横森敏行のほかにも、ダミーはいたな。仕手集団のことを話してもらおうか」

「仕手グループは、大先生がかわいがってる相場師たちだよ。それ以上は知らない」

「雑魚(ざこ)のことは、ま、いいさ。吉村は尹(ユン)から極上の覚醒剤を今後も手に入れようと考えてるのか？」

「尹(ユン)はもう生きちゃいない。大先生が手を回して、行動右翼の若い男に始末させたんだ。尹(ユン)の周辺にいた北朝鮮の工作員たちも、もう葬(ほうむ)られたはずだよ」

「今後は企業恐喝で得た金でマスコミ関係の株を買い占めるってわけか」

「そうだよ。あっ、脚(あし)が動かなくなった。早く上げてくれーっ」

「待ってろ」

鬼丸は左京に言って、蛭田にサインを送った。

蛭田が型枠の中に太いロープを投げ落とした。左京が両手でロープにしがみついた。蛭田が左京を引っ張り上げた。左京のスラックスは生コンクリート塗れだった。

鬼丸は停止ボタンを押してから、左京の懐からスマートフォンを抜き取った。大滝と吉村の電話番号は登録されていた。

鬼丸は、左京のスマートフォンで吉村に電話をかけた。

「吉村謙作だな？」

「左京君の声じゃないな。誰なんだ、きみは？」

吉村が問いかけてきた。

鬼丸はICレコーダーの再生ボタンを押し、スピーカー設定にしたスマートフォンを近づけた。

左京の声が流れはじめた。録音音声が途絶えると、鬼丸はスマートフォンを耳に当てた。

「あんたは、もうおしまいだ。土橋や大滝にも明日はないな」

「きみだな、元公安調査官のピアノ弾きというのは。わたしまでたどり着いたのは敵ながら、あっぱれだ」

「虚勢を張っても虚しいだけだろうが！　おれは、あんたたちの悪事の証拠を押さえてあるんだ」

「はったりを言うな。きみはわたしのことを少しばかり軽く見てるようだね。このわたしを法廷に立たせることができると考えてるみたいだが、それは不可能だ」

「あんたがフィクサーとして暗躍してることは知ってる。大物政治家たちを何人も手なずけてるから、検察庁や警察庁に圧力をかけることはたやすいだろう」

「そこまでわかってて、わたしに牙（きば）を剝（む）く気なのか。ばかな奴だ」

「おれは怪物と闘（たたか）うため、あんたの嫌いなマスコミを味方につけたのさ」

鬼丸は威（おど）した。もちろん、事実ではない。際（きわ）どい賭（か）けだった。

「新聞社やテレビ局の人間に何か渡してあるとでも言うのか？」

「その通りだ。ダミーの沼辺、乗っ取り屋の高岡、浪友会の木下を締め上げたときの録音音声、それから栃尾と岩戸を狙撃した千葉の犯行時の静止画像・動画をマスコミ各社に流せる準備をしてある」

「はったり（ブラフ）っぽいな」

「そう思いたきゃ、そう思ってろ。あんたの陰謀をマスコミが報じたら、警察も検察も知らんぷりはできなくなるにちがいない」

「…………」

吉村が急に黙り込んだ。内心、狼狽（ろうばい）しているのだろう。

「なぜ、返事をしない？」

「きみの目的を聞こうじゃないか。金が欲しいんだろ？」

「見損（みそこな）うな。おれは強請屋（ゆすりや）じゃない」

「狙いは何なんだ？」

「取得した東都テレビの千二百五十万株をプレミアムなしで、筆頭株主に譲れ」

「プレミアムなしでだと⁉」

「そうだ。ついでに、東日本新聞社の全取得株もプレミアムを付けずに売り渡すんだ」

「断ったら？」

「証拠画像・動画はもちろん、録音音声の複製も主要マスコミ各社に渡す」

「少し時間をくれないか」

「それは駄目だ。おれの目の前で、取得株をそっくりプレミアムなしで吐き出すという内容の誓約書を認（したた）めてもらう。これから、仲間をあんたの家に向かわせる」

「わかった」

「それじゃ、自宅で待ってろ」

鬼丸は電話を切ると、すぐに堤を吉村邸に向かわせた。

いったん通話を終わらせ、同じやり方で『昭広エージェンシー』の大滝社長を竦（すく）み上がらせた。そして、玄内を大滝の会社に差し向けた。

「元首相の土橋のスマホのナンバーは？」

蛭田が左京に訊いた。

「わたしは知らないんだ。土橋さんにダイレクトに連絡を取れるのは、大先生だけだよ」

「土橋を庇(かば)っても意味ないぞ」

「本当にナンバーは知らないんだ」

左京が早口で言った。

蛭田が鬼丸に顔を向けてきた。

「どうします？　土橋はSPにガードされてるから、事務所から連れ出すことは難しいんじゃないのかな」

「土橋は吉村に唆(そそのか)されただけみたいだから、後日、何らかの形で懲(こ)らしめてやろう」

「そうしますか」

「娘の姿を見せてやれ」

鬼丸は蛭田を促した。蛭田が左京を事務室に導(みちび)いた。

それから三十五、六分後、堤が吉村を廃工場に連れてきた。鬼丸は吉村を事務室に連れ込み、真っ先に誓約書を書かせた。フィクサーと恐れられた男は諦(あきら)めたのか、素直に万年筆を走らせた。

玄内が大滝を引っ立ててきたのは、誓約書を懐にしまった直後だった。

「大先生……」

大滝が吉村の顔を見て、絶望的な顔つきになった。吉村は憮然とした表情で大滝を見返したただけで、何も言わなかった。

鬼丸は、吉村、大滝、左京の三人をそれぞれ別の型枠の底に立たせた。蛭田が心得顔で、三つの型枠の中に生コンクリートを流し込んだ。

吉村たち三人の怒声と悲鳴が重なった。蛭田は三人の腰まで生コンクリートが溜まると、ミキサーのスイッチを切った。

「われわれをこのまま置き去りにするのか⁉」

吉村が取り乱した。

「放置したいところだが、あんたたちには殺す値打ちもない」

「それじゃ、助け上げてくれるんだな？」

「自力で這い上がれ！」

鬼丸は吉村に言って、蛭田に合図を送った。

蛭田が三つの型枠の上部にロープを結びつけ、その先端を三人の手の届く場所に投げ落とした。

吉村たち三人は競い合うようにロープに取り縋った。どの顔も戦いている。

「引き揚げよう」

鬼丸は助っ人たちに声をかけ、大股で歩きだした。

エピローグ

　預金小切手の額面を確かめた。

四千万円になっていた。約束の成功報酬は三千万円だった。すでに三百万円の着手金は受け取っている。千三百万円増えたわけだ。

　鬼丸は顔を上げた。東都テレビ本社の専務室だ。吉村の誓約書を取ってから、ちょうど十日目の午後三時過ぎだった。

「栗原さん、数字が多いんじゃありませんか？」

「少しばかり色をつけさせてもらったんですよ。きのう、プレミアムなしで千二百五十万株を買い戻すことができましたので、ほんの感謝の気持ちです」

「こんなに多く上乗せしてもらってもいいのかな」

「どうぞお納めください」

　栗原専務がにこやかに言った。

「それでは遠慮なく頂戴(ちょうだい)します」

「ええ、そうしてください。あなたのおかげで、難局を切り抜けることができました。厚くお礼申し上げます」

「そうおっしゃっていただけると、こちらも報われます」

鬼丸は預金小切手を上着の内ポケットに滑り込ませた。

「先日お電話で闇の怪物の企みを聞かされたときは、ぞっとしました。吉村謙作は総理大臣の首も簡単にすげ替えることができるという超大物ですからね。いったいどんな手を使って、怪物の陰謀を叩き潰したんです？」

「それは企業秘密ってことにさせてください。ちょっと荒っぽい方法で吉村を追い込んだもんですので」

「そういうことでしたら、深くはうかがわないことにします。社長も鬼丸さんに感謝しておりまして、よろしくお伝えしてほしいとのことでした」

「こちらこそ、割のいい裏仕事をさせてもらったと思っています」

「いえ、いえ。鬼丸さん、一点だけ不安があるんです。吉村は東都テレビやあなたに何らかの仕返しをする気でいるんではありませんか？　そのことが心配なんですよ」

「吉村が報復できないよう、ちゃんと手は打ってあります」

「それを聞いて、ひと安心しました」

栗原がそう言い、日本茶で喉を潤す。

「万が一、敵が何か仕掛けてきたら、すぐに教えてください。必ず危機は除去しますんで」

「わかりました。鬼丸さん、このあと何か予定がおありなんでしょうか？　お時間がありましたら、どこかで一献……」

「せっかくですが、これから入院中の友人を見舞うことになってるんですよ」

「そうですか。その方は交通事故か何かで怪我をされたんですか？」

「いいえ、違います。歩道橋の階段から転げ落ちて、植物状態になってしまったんです」

「それは、お気の毒に。それでは別の日に一席設けますので、ぜひ、おつき合いください」

「はい。それでは、これで失礼します」

鬼丸は深々とした応接ソファから立ち上がり、そのまま専務室を出た。栗原も腰を浮かせた。

専務室は十三階にある。鬼丸は栗原に見送られ、エレベーターに乗り込んだ。

地下駐車場に下り、自分の四輪駆動車に足を向けた。レンジローバーのドア・ロックを外そうとしたとき、鬼丸は背中に固い物を突きつけられた。

感触で、すぐに銃口だとわかった。小さく振り向くと、凶暴そうな面構えの大男が立っていた。三十五、六歳だろうか。

ひと目で、裏社会の人間とわかる。鷲鼻で、眉間に刀傷があった。

「南平台の御大が、あんたに会いてえらしいんだ。ちょっとつき合ってもらうぞ」

「消音器なしで、ぶっ放すわけにはいかないだろうが！」

「おれが持ってるのは、ロシア製のサイレンサー・ピストルなんだよ」

「マカロフPbだな？」

「当たりだ。逃げようとしたら、撃つぜ」

「わかった。吉村んとこに連れてけ」

鬼丸は腹を据えた。

鷲鼻の男が鬼丸の肩を押した。

鬼丸は地下駐車場の隅まで歩かされ、黒塗りのキャデラック・エスカレードの後部座席に押し込まれた。サイレンサー・ピストルを握った大男が隣に坐る。

運転席には、見覚えのある男がいた。ダミーの沼辺を痛めつけた夜、デトニクスをちらつかせた男だった。シャツの袖口から刺青が覗いている。

「よう、しばらくだな」

「吉村の番犬だったのか」

「御大を呼び捨てにするんじゃねえ」

「飼われた犬は、ご主人さまに一生、尻尾を振りつづけるんだな」

鬼丸はからかった。運転席の男が険しい顔つきになった。

「ガキみてえにカリカリするな。早く車を出せ！」

鷲鼻の男が苛立たしげに言った。ドライバーは前に向き直り、大型米国車を走らせはじめた。

東都テレビは千代田区内にある。キャデラック・エスカレードはテレビ局の地下駐車場を出ると、二番町を抜けて青山通りを進んだ。

二十分弱で、吉村邸に着いた。敷地は広く、庭木が多い。奥まった場所に数奇屋造りの母屋が建ち、その右手に政治経済研究所の事務所があった。

キャデラック・エスカレードは車寄せに停められた。鬼丸は車から引きずり出され、事務所の中に連れ込まれた。

吉村が応接ソファにゆったりと腰かけ、葉巻を吹かしていた。和服姿だった。

「坐んな」

鷲鼻の男が言った。鬼丸は吉村と向かい合う位置に坐った。

「きさま、わたしを騙したな。きさまが言ったコインロッカーには、数冊の週刊誌が入ってただけだった。静止画像・動画のＳＤカードと録音音声のメモリーはどこに隠してある？」

「全部、ある新聞記者に渡してある。千葉の犯行時の写真を撮ったという話は嘘だったんだ」

「な、なんて奴なんだっ」

吉村が怒りを露にした。次の瞬間、鷲鼻の男が鬼丸の側頭部にサイレンサー・ピストルの先端を突きつけた。

「その新聞記者の勤め先と名前は？」

吉村が問いかけてきた。

「その質問には答えられないな。あっさり教えたら、あんたは後ろにいる男におれを殺らせる気なんだろうから」

「殺させはしない」

「その言葉を信じるほど甘くないよ」

鬼丸は言った。

「要求通りに東都テレビと東日本新聞社の取得株はそっくり手放したのに、汚い真似をする男だ」

「悪党どもとまともに裏取引をしたら、おれは消されることになるからな。それなりの保険を掛けたってわけさ」

「若造がなめたことをしおって」

「ついでに教えといてやろう。ＳＤカードや録音音声のメモリーを預けた新聞記者は海外のメディアと手を組んで、あんたたちを告発することになってる。日本の検察や警察に協力を求めたら、一連の事件をすべて握り潰される恐れがあるからな。しかし、アメリカやヨーロッパの報道機関までは、怪物のあんたでも抑えられないだろう。首謀者のあんたは
もちろん、元首相の土橋、『昭広エージェンシー』の大滝社長、『セキュリティーネット』の左京社長も法廷で裁かれることになるな」

「そんなことはさせん！」

吉村が怒声を張り上げ、鷲鼻の男に合図を送った。

そのすぐ後、鬼丸は頭頂部に激痛を覚えた。サイレンサー・ピストルの銃把の底で強打されたのだ。一瞬、目が霞んだ。

「てめえ、死にてえのか！」

鷲鼻の男が、いきり立った。

ちょうどそのとき、事務所に毎朝タイムズの橋爪記者が飛び込んできた。彼の後ろには、十人近い外国人がいた。テレビクルーの姿も見える。

鷲鼻の男が慌ててマカロフPbを腰の後ろに隠した。

「きさまら、無礼じゃないかっ。無断で他人のオフィスに押しかけてきおって」

吉村が憤然と立ち上がり、橋爪を睨みつけた。

「失礼は承知で、こういう手段を取らせてもらったわけです。そうしなければ、あなたを

法廷に送れないと判断したからです」

「名乗れ！」

「毎朝タイムズ社会部の橋爪といいます」

「きさまら、目障り(めざわ)だ。すぐに出ていけ！　さもないと、警察を呼ぶぞ」

「どうぞ呼んでください」

橋爪が穏(おだ)やかに言った。吉村がへなへなとソファに坐り込んだ。鷲鼻の男は苦り切った顔で隅に移動した。

鬼丸は腰を上げ、橋爪に顔を向けた。

「後のことはよろしく！」

「わかった。東京地検特捜部にいる検事が間もなく駆けつけることになってるんだ。その男は気骨のある奴で、巨悪も恐れていない。だから、おたくの望む結果を出せるだろう」

「そうですか」

「鬼丸君、急に協力的になったのはなぜなんだ？」

「湯河原の借りは、これで返しましたよ」

「そういうことだったのか」

「借りた恩を忘れちゃいけない。昔、亡(な)くなった祖母がよくそう言ってたんですよ」

「そうか。とにかく、ありがとう！」

橋爪がにっこり笑い、鬼丸の肩を軽く叩いた。

鬼丸は人垣を掻き分け、怪物の事務所を出た。ハミングしたいような気分だった。

本書は、『裏工作　危機抹消人』と題し、二〇〇二年六月に徳間文庫から刊行された作品に、著者が大幅に加筆修正したものです。

著者注・この作品はフィクションであり、登場する人物および団体名は、実在するものといっさい関係ありません。

一〇〇字書評

切・り・取・り・線

購買動機（新聞、雑誌名を記入するか、あるいは○をつけてください）

□（　　　　　　　　）の広告を見て	
□（　　　　　　　　）の書評を見て	
□ 知人のすすめで	□ タイトルに惹かれて
□ カバーが良かったから	□ 内容が面白そうだから
□ 好きな作家だから	□ 好きな分野の本だから

・最近、最も感銘を受けた作品名をお書き下さい

・あなたのお好きな作家名をお書き下さい

・その他、ご要望がありましたらお書き下さい

住所	〒				
氏名		職業		年齢	
Eメール	※携帯には配信できません		新刊情報等のメール配信を 希望する・しない		

この本の感想を、編集部までお寄せいただけたらありがたく存じます。今後の企画の参考にさせていただきます。Eメールでも結構です。

いただいた「一〇〇字書評」は、新聞・雑誌等に紹介させていただくことがあります。その場合はお礼として特製図書カードを差し上げます。

前ページの原稿用紙に書評をお書きの上、切り取り、左記までお送り下さい。宛先の住所は不要です。

なお、ご記入いただいたお名前、ご住所等は、書評紹介の事前了解、謝礼のお届けのためだけに利用し、そのほかの目的のために利用することはありません。

〒一〇一-八七〇一
祥伝社文庫編集長　清水寿明
電話　〇三（三二六五）二〇八〇

祥伝社ホームページの「ブックレビュー」からも、書き込めます。
www.shodensha.co.jp/bookreview

祥伝社文庫

裏工作（うらこうさく） 制裁請負人（せいさいうけおいにん）

令和 4 年 8 月 20 日　初版第 1 刷発行

著　者　南（みなみ）　英男（ひでお）

発行者　辻　浩明

発行所　祥伝社（しょうでんしゃ）

東京都千代田区神田神保町 3-3
〒 101-8701
電話　03（3265）2081（販売部）
電話　03（3265）2080（編集部）
電話　03（3265）3622（業務部）
www.shodensha.co.jp

印刷所　堀内印刷
製本所　ナショナル製本
カバーフォーマットデザイン　芥 陽子

 ISBN978-4-396-34831-1 C0193

祥伝社文庫の好評既刊

南 英男　**錯綜**　警視庁武装捜査班

社会派ジャーナリスト殺人が政財界の闇をあぶり出した――カジノ利権に群がるクズを特捜チームがぶっつぶす！

南 英男　**怪死**　警視庁武装捜査班

天下御免の強行捜査チームに最大の難事件！　ブラック企業の殺人と現金強奪事件との接点は？

南 英男　**突撃警部**

心熱き特命刑事・真崎航のベレッタ92FSが火を噴くとき――警官殺しの裏に警察をむしばむ巨悪が浮上した！

南 英男　**疑惑領域**　突撃警部

剛腕女好き社長が殺された。だが全容疑者にアリバイが⁉　特命刑事真崎航、思いもかけぬ難事件。衝撃の真相とは。

南 英男　**超法規捜査**　突撃警部

シングルマザーが拉致殺害された！残された幼女の涙――「許せん！」真崎航のベレッタが怒りの火を噴く！

南 英男　**闇断罪**　制裁請負人

セレブを狙う連続爆殺事件。首謀者は誰だ？　凶悪犯罪を未然に防ぎ、ワルも恐れる〝制裁請負人〟が裏を衝く！